COLLECTION FOLIO

« Ma chère Maman... »

De Baudelaire à Saint-Exupery, des lettres d'écrivains

CHARLES BAUDELAIRE
GUSTAVE FLAUBERT
HENRY JAMES
ANDRÉ GIDE
MARCEL PROUST
JEAN COCTEAU
WILLIAM FAULKNER
ERNEST HEMINGWAY
ANTOINE DE SAINT-EXUPÉRY

Gallimard

Avec elle seule, j'aurais pu vivre loin du monde. Jamais elle ne m'aurait jugé ou critiqué. Jamais elle n'aurait, comme d'autres, pensé : il ne publie plus de livres, ou : il vieillit. Non. Mon fils, se serait-elle dit avec foi. Eh bien, moi, je t'envoie, les yeux ennoblis par toi, je t'envoie à travers les espaces et les silences, ce même acte de foi, et je te dis gravement : ma Maman.

ALBERT COHEN
Le livre de ma mère

Avec l'amour maternel, la vie vous fait à l'aube une promesse qu'elle ne tient jamais.

ROMAIN GARY
La promesse de l'aube

CHARLES BAUDELAIRE

Né à Paris en 1821, Charles Baudelaire est orphelin de père à six ans et déteste le général Aupick, le second mari de sa mère. Sa famille, effrayée par sa vie de bohème et ses fréquentations, tente de l'éloigner de Paris. Il publie ses premiers poèmes, *Les Fleurs du Mal*, en 1857. L'auteur et son éditeur sont condamnés à des amendes et à la suppression de six poèmes. La seconde édition ne paraîtra qu'en 1861, six ans avant la mort du poète. Épuisé par la maladie et harcelé par les créanciers, il meurt en 1867.

Ces lettres sont extraites de Correspondance. *Choix et présentation de Claude Pichois et Jérôme Thélot (Folio n° 3433).*

[Paris.]

Jeudi 9 juillet 1857.

Je vous assure que vous ne devez avoir aucune inquiétude à mon égard; mais c'est vous qui m'en causez et des plus vives, et certainement ce n'est pas la lettre que vous m'avez envoyée, toute pleine de désolation, qui est faite pour les calmer. Si vous vous abandonnez ainsi, vous tomberez malade, et ce sera alors le pire des malheurs et pour moi la plus insupportable des inquiétudes. Je veux que non seulement vous cherchiez des divertissements, mais je veux encore que vous ayez des jouissances nouvelles. — Je trouve décidément que Mme Orfila est une femme raisonnable.

Quant à mon silence, n'en cherchez pas la raison ailleurs que dans une de ces langueurs qui, à mon grand déshonneur, s'emparent quelquefois de moi, et m'empêchent non seulement de me livrer à aucun travail mais même de remplir les plus simples des devoirs. De plus, je voulais à la fois vous écrire, vous envoyer votre paroissien et mon livre de poésies.

Le paroissien n'est pas tout à fait fini ; les ouvriers, même les plus intelligents, sont si bêtes qu'il y a eu quelques petites choses à rectifier. Cela m'a donné un peu de mal, mais vous serez contente.

Quant aux Poésies (parues il y a quinze jours), j'avais eu d'abord, comme vous savez, l'intention de ne pas vous les montrer. Mais en y pensant mieux, il m'a semblé que puisque vous entendriez, après tout, parler de ce volume, au moins par les comptes rendus que je vous enverrai, la pudeur serait de ma part aussi folle que la pruderie de la vôtre. J'ai reçu pour moi seize exempl[aires] sur papier vulgaire, et quatre sur papier de fil. Je vous ai réservé un de ces derniers, et si vous ne l'avez pas encore reçu, c'est parce que j'ai voulu vous l'envoyer relié. — Vous savez que je n'ai jamais considéré la littérature et les arts que comme poursuivant un but étranger à la morale, et que la beauté de conception et de style me suffit. Mais ce livre, dont le titre : *Fleurs du Mal*, — dit tout, est revêtu, vous le verrez, d'une beauté sinistre et froide ; il a été fait avec fureur et patience. D'ailleurs, la preuve de sa valeur positive est dans tout le mal qu'on en dit. Le livre met les gens en fureur. — Du reste, épouvanté moi-même de l'horreur que j'allais inspirer, j'en ai retranché un tiers aux épreuves. — On me refuse tout, l'esprit d'invention et même la connaissance de la langue française. Je me moque de tous ces imbéciles, et je sais que ce volume, avec ses qualités et ses défauts, fera son chemin dans la mémoire du public lettré, à côté des meilleures poésies de V. Hugo, de Th. Gautier et même de Byron. — Une seule recommandation : puisque vous vivez avec la famille Émon, ne laissez pas le volume traîner dans les mains de Mlle Émon. Quant au curé, que sans doute vous recevez, vous pouvez le lui montrer. Il pensera que je suis damné, et n'osera pas vous le dire. — On avait répandu le bruit que j'allais être poursuivi ; mais il n'en sera rien. Un gouvernement qui a sur les bras les terribles élections de Paris n'a pas le temps de poursuivre un fou.

Mille pardons pour tous ces enfantillages de la vanité. J'avais bien pensé à aller à Honfleur ; mais je n'osais pas vous en parler. J'avais pensé à cautériser ma fainéantise, et à la cautériser une fois pour toutes, au bord de la mer, par un travail acharné, loin de toute préoccupation frivole ; soit sur mon troisième vol[ume] d'*Edgar Poe*, soit sur mon premier drame, dont il faudra bien que j'accouche, bon gré, mal gré.

Mais j'ai des travaux à faire qui ne peuvent pas se faire dans un lieu sans bibliothèques, sans estampes, et sans musée. Il faut avant tout que je vide la question

des *Curiosités esthétiques*,

des *Poèmes nocturnes*

et des *Confessions du mangeur d'opium*.

Les *Poèmes nocturnes* sont pour la *Revue des Deux Mondes ;* le *Mangeur d'opium* est une nouvelle traduction d'un auteur magnifique, inconnu à Paris. C'est pour *Le Moniteur*.

Mais j'ai dû penser (pourquoi ne pas tout dire ?) à M. Émon. Il est votre ami, et je tiens à ne pas vous déplaire. Pensez-vous cependant que je puisse oublier son infériorité, sa brutalité, et la manière bourrue dont il a accueilli ma poignée de main dans cette cruelle journée[1], où, pour vous plaire, et rien que pour cela, je me suis humilié plus encore que vous ne m'aviez humilié vous-même pendant de si longues années ?

— Ancelle va bien ; *je ne l'ai vu que deux fois depuis votre départ.* Il est toujours aussi distrait ; il a toujours la conception lente, et il aime toujours sa femme et sa fille, sans en rougir.

Je vous renvoie la lettre de ce monsieur que je ne connais pas. Je ne sais pas ce que c'est que M. Durand.

Quand je suis allé visiter la tombe de mon beau-père, j'ai été bien étonné de me trouver vis-à-vis d'une fosse vide. Je suis allé chez le conservateur qui m'a averti du transfèrement, et qui m'a donné comme guide le petit papier que voici. — Vos couronnes, fanées par les grandes pluies, avaient été soigneusement rapportées sur la nouvelle sépulture. J'en ai ajouté d'autres.

Je vous embrasse, chère mère, bien affectueusement.

C. B.

[Paris, 6 mai 1861.]

Ma chère mère, si tu possèdes vraiment le génie maternel et si tu n'es pas encore lasse, viens à Paris, viens me voir, et même me chercher. Moi, pour mille

1 Le jour des obsèques d'Aupick (30 avril 1857)

raisons terribles, je ne puis pas aller à Honfleur chercher ce que je voudrais tant, un peu de courage et de caresses. À la fin de mars, je t'écrivais : *Nous reverrons-nous jamais ?* J'étais dans une de ces crises où on voit la terrible vérité. Je donnerais je ne sais quoi pour passer quelques jours auprès de toi, toi, le seul être à qui ma vie est suspendue, huit jours, trois jours, quelques heures.

Tu ne lis pas assez attentivement mes lettres, tu crois que je mens, ou au moins que j'exagère quand je parle de mes désespoirs, de ma santé, de mon horreur de la vie. Je te dis que je voudrais te voir, et que je ne puis pas courir à Honfleur. Tes lettres contiennent de nombreuses erreurs et des idées fausses que la conversation pourrait rectifier et que des volumes d'écriture ne suffiraient pas à détruire.

Toutes les fois que je prends la plume pour t'exposer ma situation, j'ai peur ; j'ai peur de te tuer, de détruire ton faible corps. Et moi, je suis sans cesse, sans que tu t'en doutes, au bord du suicide. Je crois que tu m'aimes passionnément ; avec un esprit aveugle, tu as le caractère si grand ! Moi, je t'ai aimée passionnément dans mon enfance ; plus tard, sous la pression de tes injustices, je t'ai manqué de respect, comme si une injustice maternelle pouvait autoriser un manque de respect filial ; je m'en suis repenti souvent, quoique, selon mon habitude, je n'en aie rien dit. Je ne suis plus l'enfant ingrat et violent. De longues méditations sur ma destinée et sur ton caractère m'ont aidé à comprendre toutes mes fautes et toute ta générosité. Mais, en somme le mal est fait, fait par tes imprudences et par mes fautes. Nous sommes évidemment destinés à nous aimer, à vivre l'un pour l'autre, à finir notre vie le plus honnêtement et le plus doucement qu'il sera possible. Et cependant, dans les circonstances terribles où je suis placé, je suis convaincu que l'un de nous deux tuera l'autre, et que finalement nous nous tuerons réciproquement. Après ma mort, tu ne vivras plus, c'est clair. Je suis le seul objet qui te fasse vivre. Après ta mort, surtout si tu mourais par une secousse causée par moi, je me tuerais, cela est indubitable. Ta mort, dont tu parles souvent avec trop de résignation, ne corrigerait rien dans ma situation ; le Conseil judiciaire serait maintenu (pourquoi ne le serait-il pas ?), rien ne serait payé, et j'aurais par surcroît de douleurs, *l'horrible sensation d'un isolement absolu.* Moi, me tuer, c'est absurde, n'est-ce pas ? « Tu vas donc laisser ta vieille mère toute seule », diras-tu. Ma foi ! si je n'en ai pas strictement le droit, je crois que la quantité de douleurs que je subis depuis *près de trente ans* me rendrait excusable. « *Et Dieu !* » diras-tu. Je désire de tout mon cœur (avec quelle sincérité, personne ne peut le savoir que moi !) croire qu'un être extérieur et invisible s'intéresse à ma destinée ; mais comment faire pour le croire ?

(L'idée de Dieu me fait penser à ce maudit curé. Dans les douloureuses sensations que ma lettre va te causer, je ne veux pas que tu le consultes. Ce curé est mon ennemi, par pure bêtise peut-être.)

Pour en revenir au suicide, une idée non pas fixe, mais qui revient à des époques périodiques, il y a une chose qui doit te rassurer. Je ne puis pas me tuer sans avoir mis mes affaires en ordre. Tous mes papiers sont à Honfleur, dans une grande confusion. Il faudrait donc, à Honfleur, faire un grand travail. Et une fois là-bas, je ne pourrais plus m'arracher d'auprès de toi. Car tu dois supposer que je ne voudrais pas souiller ta maison d'une détestable action. D'ailleurs tu deviendrais folle. Pourquoi le suicide ? est-ce à cause des dettes ? Oui, et cependant les dettes peuvent être dominées. C'est surtout à cause d'une fatigue épouvantable qui résulte d'une situation impossible *trop prolongée.* Chaque minute me démontre que je n'ai plus de goût à la vie. Une grande imprudence a été commise par toi dans ma jeunesse[1]. Ton imprudence et *mes fautes anciennes* pèsent sur moi, et m'enveloppent. Ma situation est atroce. Il y a des gens qui me saluent, il y a des gens qui me font la cour, il y en a peut-être qui m'envient. Ma situation littéraire est plus que bonne. Je puis faire ce que je voudrai. Tout sera imprimé. Comme j'ai un genre d'esprit impopulaire, je gagnerai peu d'argent, mais je laisserai une grande célébrité, je le sais, — pourvu que j'aie le courage de vivre. Mais ma santé spirituelle ; détestable ; — perdue peut-être. J'ai encore des projets : *Mon cœur mis à nu, des romans,* deux *drames,* dont un pour le Théâtre-Français, tout cela sera-t-il jamais fait ? *Je ne le crois plus.* Ma situation relative à l'honorabilité, épouvantable, — c'est là le grand mal. Jamais de repos. Des insultes, des outrages, des avanies dont tu ne peux pas avoir l'idée, et qui corrompent l'imagination, la paralysent. Je gagne un peu d'argent, c'est vrai ; si je n'avais pas de

1. La dation du conseil judiciaire, en 1844.

dettes, et *si je n'avais plus de fortune*, JE SERAIS RICHE, médite bien cette parole, je pourrais te donner de l'argent, je pourrais sans danger exercer ma charité envers Jeanne. Nous reparlerons d'elle tout à l'heure. C'est toi qui as provoqué ces explications. — Tout cet argent fuit dans une existence dépensière et malsaine (car je vis très mal) et dans le paiement ou plutôt l'amortissement insuffisant de vieilles dettes, dans des frais d'huissiers, de papier timbré, etc.

Tout à l'heure, j'en viendrai aux choses positives, c'est-à-dire actuelles. Car en vérité, j'ai besoin d'être sauvé, et toi seule tu peux me sauver. Je veux tout dire aujourd'hui. Je suis seul, sans amis, sans maîtresse, sans chien et sans chat, à qui me plaindre. Je n'ai que le portrait de mon père, qui est toujours muet.

Je suis dans cet état horrible que j'ai éprouvé dans l'automne de 1844. Une résignation pire que la fureur.

Mais ma santé physique, dont j'ai besoin pour toi, pour moi, pour mes devoirs, voilà encore une question ! Il faut que je t'en parle, bien que tu y fasses bien peu attention. Je ne veux pas parler de ces affections nerveuses qui me détruisent jour à jour, et qui annulent le courage, vomissements, insomnies, cauchemars, défaillances. Je t'en ai trop souvent parlé. Mais il est inutile d'avoir de la pudeur avec toi. Tu sais qu'étant très jeune j'ai eu une affection vérolique, que plus tard j'ai crue totalement guérie. À Dijon, après 1848, elle a fait une nouvelle explosion. Elle a été de nouveau palliée. Maintenant elle revient et elle prend une nouvelle forme, des taches sur la peau, et une lassitude extraordinaire dans toutes les articulations. Tu peux me croire ; *je m'y connais.* Peut-être, dans la tristesse où je suis plongé, ma terreur grossit-elle le mal. Mais il me faut un régime sévère, et ce n'est pas dans la vie que je mène que je pourrai m'y livrer.

Je laisse tout cela de côté, et je veux reprendre mes rêveries ; avant d'en venir au projet que je veux t'ouvrir, j'y prends un vrai plaisir. Qui sait si je pourrai une fois encore t'ouvrir toute mon âme, *que tu n'as jamais appréciée ni connue !* J'écris cela sans hésitation, tant je sais que c'est vrai.

Il y a eu dans mon enfance une époque d'amour passionné pour toi ; écoute et lis sans peur. Je ne t'en ai jamais tant dit. Je me souviens d'une promenade en fiacre ; tu sortais d'une maison de santé où tu avais été reléguée, et tu me montras, pour me prouver que tu avais pensé à ton fils, des dessins à la plume que tu avais faits pour moi. Crois-tu que j'aie une mémoire terrible ? Plus tard, la place Saint-André-des-Arcs et Neuilly. De longues promenades, des tendresses perpétuelles ! Je me souviens des quais, qui étaient si tristes le soir. Ah ! ç'a été pour moi le bon temps des tendresses maternelles. Je te demande pardon d'appeler *bon temps* celui qui a été sans doute mauvais pour toi. Mais j'étais toujours vivant en toi ; tu étais uniquement à moi. Tu étais à la fois une idole et un camarade. Tu seras peut-être étonnée que je puisse parler avec passion d'un temps si reculé. Moi-même j'en suis étonné. C'est peut-être parce que j'ai conçu, une fois encore, le désir de la mort, que les choses anciennes se peignent si vivement dans mon esprit.

Plus tard tu sais quelle atroce éducation ton mari a voulu me faire ; j'ai quarante ans et je ne pense pas aux collèges sans douleur, non plus qu'à la crainte que mon beau-père m'inspirait. Je l'ai cependant aimé, et d'ailleurs j'ai aujourd'hui assez de sagesse pour lui rendre justice. Mais enfin il fut opiniâtrement maladroit. Je veux glisser rapidement, parce que je vois des larmes dans tes yeux.

Enfin je me suis sauvé, et j'ai été dès lors tout à fait abandonné. Je me suis épris uniquement du plaisir, d'une excitation perpétuelle ; les voyages, les beaux meubles, les tableaux, les filles, etc. J'en porte trop cruellement la peine aujourd'hui. Quant au Conseil judiciaire, je n'ai qu'un mot à dire : je sais aujourd'hui l'immense valeur de l'argent, et je comprends la gravité de toutes les choses qui ont trait à l'argent ; je conçois que tu aies pu croire que tu étais habile, que tu travaillais pour mon bien ; mais une question pourtant, une question qui m'a toujours obsédé : comment se fait-il que cette idée ne se soit pas présentée à ton esprit : « Il est possible que mon fils n'ait jamais, au même degré que moi, l'esprit de conduite ; mais il serait possible aussi qu'il devînt un homme remarquable à d'autres égards. Dans ce cas-là, que ferai-je ? Le condamnerai-je à une double existence, contradictoire, une existence honorée, d'un côté, odieuse et méprisée de l'autre ? Le condamnerai-je à traîner jusqu'à sa vieillesse une marque déplorable ; une marque qui nuit, une raison d'impuissance et de tristesse ? » Il est évident que si ce Conseil judiciaire n'avait pas eu lieu, tout eût été mangé. Il eût bien fallu conquérir le goût du travail. Le conseil judiciaire a eu lieu, *tout est mangé et je suis vieux et malheureux.*

Le rajeunissement est-il possible ? toute la question est là.

Tout ce retour vers le passé n'avait pas d'autre but que de montrer que j'ai quelques excuses à faire valoir, sinon une justification complète. Si tu sens des reproches dans ce que j'écris, sache bien au moins que cela n'altère en rien mon admiration pour ton grand cœur, ma reconnaissance pour ton dévouement. Tu t'es toujours sacrifiée. Tu n'as que le génie du sacrifice. Moins de raison que de charité. Je te demande plus. Je te demande à la fois conseil, appui, entente complète entre toi et moi, pour me tirer d'affaire. Je t'en supplie, viens, viens. Je suis à bout de force nerveuse, à bout de courage, à bout d'espérance. Je vois une continuité d'horreur. Je vois ma vie littéraire à tout jamais entravée. Je vois une catastrophe. Tu peux bien, pour huit jours, demander l'hospitalité à des amis, à Ancelle, par exemple. Je donnerais je ne sais quoi pour te voir, pour t'embrasser. Je pressens une catastrophe, et je ne peux pas aller chez toi maintenant. Paris m'est mauvais. Déjà deux fois j'ai commis une imprudence grave que tu qualifieras plus sévèrement ; je finirai par perdre la tête.

Je te demande ton bonheur, et je te demande le tien[1], en tant que nous puissions encore connaître *cela.*

1. J. Crépet a raison de faire remarquer qu'il s'agit ici d'une erreur de Baudelaire, qui pense bien sûr aux deux bonheurs.

Tu m'as permis de t'ouvrir un projet, le voici : je demande une demi-mesure. Aliénation d'une forte somme limitée à 10 000 par exemple, 2 000 pour me délivrer tout de suite; 2 000 entre tes mains pour parer à des nécessités imprévues ou prévues, nécessités de vie, de vêtements, etc... pour un an (Jeanne ira dans une maison où le strict nécessaire sera payé). D'ailleurs je te parlerai d'elle tout à l'heure. C'est encore toi qui m'y as provoqué. Enfin 6 000 entre les mains d'Ancelle ou de Marin, lesquels seront dépensés lentement, successivement, prudemment, de manière à payer peut-être plus de 10 000, et à empêcher toute secousse, et tout scandale à Honfleur.

Voilà un an de tranquillité. Je serais un bien grand sot et un bien grand coquin, si je n'en profitais pas pour rajeunir. Tout l'argent gagné pendant ce temps-là (10 000, 5 000 peut-être seulement) *sera versé entre tes mains.* Je ne te cacherai aucune de mes affaires, aucun de mes bénéfices. Au lieu de combler la lacune, cet argent sera encore appliqué aux dettes. — Et ainsi de suite, dans les années suivantes. Ainsi je pourrai *peut-être*, par le rajeunissement opéré sous tes yeux, *tout payer*, sans que mon capital soit diminué de plus de 10 000, sans compter il est vrai, les 4 600 des années précédentes. Et la maison sera sauvée. Car c'est une des considérations qui sont toujours devant mes yeux.

Si tu adoptais ce projet de béatitude, je voudrais être réinstallé à la fin du mois, tout de suite peut-être. Je t'autorise à venir me chercher. Tu comprends bien qu'il y a une foule de détails qu'une lettre ne comporte pas. Je voudrais, en un mot, que toute somme ne fût payée qu'après ton consentement, après mûr débat entre toi et moi, en un mot, que tu devinsses *mon vrai Conseil judiciaire.* Peut-on être obligé d'associer une idée aussi horrible à l'idée si douce d'une mère !

Dans ce cas-là, malheureusement, il faut dire adieu aux petites sommes, aux petits gains, 100, 200 par-ci, par-là, qu'amène le train-train de la vie parisienne. Ce seraient alors de grosses spéculations et de gros livres, dont le paiement se ferait attendre plus longtemps. — Ne consulte que toi, ta conscience et ton Dieu, puisque tu as le bonheur de croire. Ne livre tes pensées à Ancelle qu'avec mesure. Il est bon ; mais il a le cerveau étroit. Il ne peut pas croire qu'un mauvais sujet volontaire qu'il a eu à morigéner soit un homme important. Il me laissera CREVER par entêtement. Au lieu de penser uniquement à l'argent, pense un peu à la gloire, au repos, et *à ma vie.*

Dans ce cas, dis-je, je ne ferais pas des séjours de quinze jours et d'un mois ou de deux mois. Je ferais un séjour perpétuel, sauf le cas où nous viendrions ensemble à Paris.

Le travail des épreuves peut se faire par la poste.

Encore une idée fausse de toi à rectifier, qui revient sans cesse sous ta plume. *Je ne m'ennuie jamais dans la solitude, je ne m'ennuie jamais auprès de toi.* Je sais seulement que je souffrirai par tes amis. J'y consens.

Quelquefois l'idée m'est venue de convoquer un conseil de famille ou de me présenter devant un tribunal. Sais-tu bien que j'aurais de bonnes choses à dire, ne fût-ce que ceci : *j'ai produit huit volumes dans des conditions horribles. Je puis gagner ma vie. Je suis assassiné par les dettes de ma jeunesse ?*

Je ne l'ai pas fait, par respect pour toi, par égard pour ton horrible sensibilité. Daigne m'en savoir gré. Je te le répète, je me suis imposé de n'avoir recours qu'à toi.

À partir de l'année prochaine, je consacrerai à Jeanne le revenu du capital restant. Elle se retirera quelque part, pour n'être pas dans une absolue solitude. Voici ce qui lui est arrivé Son frère l'a fourrée à l'hôpital, pour se débarrasser d'elle, et quand elle est sortie, elle a découvert qu'il avait vendu une partie de son mobilier et de ses vêtements. Depuis quatre mois, depuis ma fuite de Neuilly, je lui ai donné 7 francs.

Je t'en supplie, le repos, donne-moi le repos, le travail, et un peu de tendresse.

Il est évident que, dans mes affaires actuelles, il y a des choses horriblement pressées ; ainsi, j'ai commis de nouveau la faute, dans ces tripotages de banque inévitables, de détourner pour mes dettes personnelles plusieurs centaines de francs qui ne m'appartenaient pas. *J'y ai été absolument contraint.* Il va sans dire que je croyais réparer le mal tout de suite. Une personne, à Londres, me refuse 400 francs qu'elle me doit. Une autre, qui devait me remettre 300 francs est en voyage. Toujours l'imprévu. — J'ai eu aujourd'hui *le terrible courage* d'écrire à la personne intéressée l'aveu de ma faute. Quelle scène va avoir lieu ? Je n'en sais rien. Mais j'ai voulu décharger ma conscience. J'espère que par égard pour mon nom et mon talent on ne fera pas de scandale, et qu'on voudra bien attendre.

Adieu, je suis exténué. Pour rentrer dans les détails de santé, je n'ai ni dormi, ni mangé depuis presque trois jours ; ma gorge est serrée. — Et il faut travailler.

Non, je ne te dis pas adieu ; car j'espère te revoir.

Oh ! lis-moi bien attentivement, tâche de bien comprendre.

Je sais que cette lettre t'affectera douloureusement, mais tu y trouveras certainement un accent de douceur, de tendresse, et même encore d'espérance, que tu as trop rarement entendus.

Et je t'aime.

C. B.

[Bruxelles.]
Mardi 20 mars [1866].

Ma chère mère, je ne suis ni bien ni mal. Je travaille et j'écris difficilement. Je t'expliquerai pourquoi[1]. Car je me proposais depuis longtemps de t'écrire, et je crois que ce soir ou demain matin je te répondrai, relativement à tout ce que tu me demandes. C'est forcément que je recule mon voyage à Paris. Mais je le ferai, car c'est absolument nécessaire. — Désormais je ne resterai plus si longtemps sans t'écrire.

1. À la mi-mars, Baudelaire a fait une chute dans l'église Saint-Loup de Namur, puis il a présenté des troubles cérébraux ; c'est de retour à l'hôtel du Grand Miroir, à Bruxelles, qu'il écrit ce billet, le dernier tracé de sa main.

Pauvre chère petite mère, c'est moi qui suis cause que tu as été *inquiète!* (*avec un seul t*). L'orthographe a si souvent varié en France, que tu peux bien, d'ailleurs, te permettre quelques petites bizarreries, comme Napoléon et Lamartine.

Si tu ne reçois pas les deux lettres en même temps, tu recevras la seconde un jour après celle-ci.

Je t'embrasse.

CHARLES.

Si tu as envie de lire *Les Travailleurs de la mer* je te les enverrai dans peu de jours.

Découvrez, lisez ou relisez les livres de Charles Baudelaire

CORRESPONDANCE (Folio n° 3433)

LES FLEURS DU MAL (Folio n° 3219 et Poésie/Gallimard)

FUSÉES — MON CŒUR MIS À NU — LA BELGIQUE DÉSHABILLÉE *suivi de* AMŒNITATES BELGICÆ (Folio n° 1727)

LES PARADIS ARTIFICIELS (Folio n° 964)

CRITIQUE D'ART *suivi de* CRITIQUE MUSICALE (Folio Essais n° 183)

PETITS POËMES EN PROSE (Poésie/Gallimard)

GUSTAVE FLAUBERT

Fils d'un chirurgien, Gustave Flaubert est né à Rouen en 1821. Il manifeste très tôt une vocation littéraire mais ses parents le destinent au droit et l'envoient à Paris en 1841. Après une grave crise nerveuse, Flaubert s'installe au bord de la Seine à Croisset et décide de se consacrer entièrement à la littérature. En 1856 paraît *Madame Bovary*; le succès public est immédiat mais vaut à son auteur un procès pour outrage aux bonnes mœurs. Il publie plusieurs romans qui sonnent le glas du romantisme : *Salammbô, L'Éducation sentimentale, Trois contes*... Il meurt à Croisset en 1880.

[Paris,] nuit de jeudi à vendredi,
1 h[eure] du matin.
[25-26 octobre 1849.]

Tu dors sans doute maintenant, pauvre vieille chérie. Comme tu as dû pleurer ce soir, et moi aussi, va ! — Dis-moi comment tu vas, *ne me cache rien.* Songe, pauvre vieille, que ça me serait un remords épouvantable si ce voyage te faisait trop de mal. Max[ime] est bien bon, sois sans crainte. J'ai trouvé nos passeports prêts. Tout a été comme sur des roulettes. C'est bon signe. Adieu, voilà la première lettre, les autres succéderont bientôt. Je t'en enverrai demain une plus longue. Et toi ? écris-moi des volumes, dégorge-toi.

Adieu, je t'embrasse de tout mon cœur plein de toi. Mille caresses.

L'adresse de Fovard est : place des Pyramides, 3.

Découvrez, lisez ou relisez les livres de Gustave Flaubert

BOUVARD ET PÉCUCHET (Folio n° 3252)

CORRESPONDANCE (Folio n° 3126)

L'ÉDUCATION SENTIMENTALE (Folio n° 147)

MADAME BOVARY (Folio n° 3512 et Folio Plus n° 40)

LES MÉMOIRES D'UN FOU — NOVEMBRE-PYRÉNÉES-CORSE — VOYAGE EN ITALIE (Folio n° 3531)

SALAMMBÔ (Folio n° 608)

LA TENTATION DE SAINT ANTOINE (Folio n° 1492)

TROIS CONTES (Folio n° 3245)

HENRY JAMES

Henry James est né américain en 1843, mais mort anglais en 1916 après avoir demandé la nationalité britannique. Élevé dans le culte de la civilisation européenne, il partage très tôt son temps entre l'Europe et les États-Unis. Grâce à la fortune familiale, il peut se consacrer exclusivement à la littérature et, dès 1864, publie des nouvelles et des articles critiques. Installé à Paris, il publie de nombreux romans dont *L'Américain, Daisy Miller, Les Ailes de la colombe*... avant de mettre fin à sa carrière de romancier, mais non d'écrivain, en 1904.

Ces lettres sont extraites de Lettres à sa famille. *Édition Leon Edel.*
Choix et traduction de Diane de Margerie et Anne Rolland.
Source des notes : Henry James. Une vie, *Leon Edel, Le Seuil, 1990.*
The Jameses, a Family Narrative, *R. W. B. Lewis, Farrar, Strauss and Giroux, 1991.*
Choix de lettres d'après les Selected Letters *(éd. Leon Edel, 1987)* *et* Letters *(vol. I, II, III, IV, éd. Leon Edel).*

Originally published by The Belknap Press of Harvard University Press.

Hôtel du Righi, Vaudois,
Glion-sur-Montreux
28 juin [1869]

Ma très chère Mère,

Glion la semaine passée et Glion encore, comme vous pouvez le constater. Quoi qu'il en soit Glion m'a valu dans l'intervalle votre très précieuse lettre du 7 ou 8 juin (je suppute : elle n'est pas datée). À part ceci, l'endroit ne m'a rien apporté d'assez sensationnel pour mériter d'être décrit ou relaté. Je ne peux toutefois me retenir d'écrire, au risque (je persiste à le soupçonner) de passer pour un importun. C'est un tiède après-midi de dimanche ; le dîner terminé, je suis remonté dans ma chambre et, après avoir somnolé sur le sofa pendant une demi-heure, je découvre que mille pensées et souvenirs de chez nous envahissent mon esprit languissant avec une telle obstination qu'il n'y a rien d'autre à faire qu'à saisir la plume et à me laisser aller à déverser mon émotion. Depuis la dernière fois où j'ai écrit, la situation s'est grandement améliorée. Le temps s'est éclairci et nous avons eu presque une semaine de journées belles et douces. J'ai trouvé moyen d'en profiter, à ma plus grande satisfaction. Chaque après-midi, j'ai fait une longue excursion solitaire et tranquille de trois ou quatre heures. Les promenades par ici sont extrêmement nombreuses et d'une singulière beauté. Même si elles sont toutes plus ou moins verticales, il n'empêche que je les ai presque toutes accomplies. Jugez de mes progrès depuis que j'ai quitté Malvern où gravir ne serait-ce que les petites collines me paraissait une fâcheuse corvée. Maintenant je ne fais, pour ainsi dire, aucun cas d'une montagne et j'en escalade au moins une, en moyenne, par après-midi. J'aimerais infiniment être capable de dépeindre les paysages de cette région enchanteresse, mais pour ce faire il faut la plume d'un Ruskin ou d'une G. Sand. À Montreux, en retrait du lac, s'étend la faille profonde — la combe — au flanc de laquelle, sur un étroit plateau, s'accroche l'hôtel. Dans cette gorge, le regard peut plonger à satiété vers le haut, vers le bas, ou horizontalement. Au pied de la combe roule le flot furieux d'un cours d'eau descendant de la montagne pour se précipiter dans le lac. Partant de l'hôtel pour s'échapper dans les champs, un sentier sinueux serpente à travers les prairies, les taillis et les vergers et conduit jusqu'à un lieu idyllique où un mince pont de bois enjambe ce petit torrent impérieux. Il est enfoui dans la nature : au-dessus de votre tête, un enchevêtrement de verdure dissimule les versants de la vallée ; à vos pieds, le courant tumultueux s'engouffre en grondant au fond du ravin ; d'ici on peut traverser et remonter de l'autre côté, suivre la crête jusqu'à sa dernière limite, là où les grandes murailles de la montagne se referment abruptement pour former un lieu inquiétant et très « Alpin ». De là, on peut à nouveau franchir la rivière et revenir à Glion par les bois. Ceci n'est qu'une promenade parmi d'autres. Je les apprécie toutes, je savoure pleinement la liberté de mouvement, la progression de la curiosité, l'amplitude et la variété du paysage et, aussi, sa luxuriance et sa douceur. Après avoir emprunté le pont dont je parlais plus haut, tourné en direction du lac et suivi les coteaux qui le dominent, on peut atteindre Vevey à travers une région de prairies ombragées et de vergers en pente aussi paisiblement pastorale qu'un parc anglais. Toutefois, ce n'est pas encore ici la véritable Suisse et je me prépare à m'y rendre. Je veux me plonger dans l'authentique paysage alpin et respirer son air. Je suis allé à Vevey par le train voici quelques jours et j'ai rendu une seconde visite aux Norton. En partant d'ici, j'ai décidé d'aller passer une semaine dans la maison de campagne qui jouxte leur retraite. Ils se trouvent si totalement coupés du monde, si solitaires que je crois qu'ils seraient assez reconnaissants d'avoir ma compagnie et que je peux, de cette façon, les remercier de leur hospitalité à Londres de manière peu onéreuse.

Après l'Angleterre, ils trouvent dans cette solitude et dans cette retraite une paix bien agréable qui leur convient à l'extrême — ce qui est fort heureux car l'isolement est absolu et sans appel. Je resterai sans doute une semaine encore dans cet hôtel. C'est un peu plus cher que ce que j'espère trouver ailleurs mais présente un certain nombre de conforts dont je suis content de disposer à ce stade de mon initiation à la vie de montagne. Dans une quinzaine de jours je serai davantage capable de vivre à la dure. Dans cette optique, je gagnerai le lac de Lucerne, me mettrai en quête d'un gîte et resterai là vraisemblablement jusqu'au 1er septembre. J'ai à peu près renoncé à l'idée de me rendre à Saint-Moritz. Je suis découragé par les histoires que j'entends à propos du froid extrême et de la sévérité du climat. Je souhaite de l'air pur et de l'altitude, mais point trop n'en faut ; je veux également l'été. De tout ceci, vous entendrez parler le moment venu. J'ai scrupuleusement noté vos injonctions de passer un été tranquille et économique. Je compte satisfaire aux deux : c'est-à-dire, quand je me propulse, de le faire grâce au truchement peu dispendieux de mes deux jambes. Vous aurez reçu, à l'heure qu'il est, une lettre, écrite à Genève il y a près d'un mois sur ce thème des voyages et des frais, qui contient des projets quelque peu en désaccord avec l'esprit — ou plutôt avec l'énoncé — du conseil ci-dessus. J'ignore de quelle manière vous y avez répondu ; exactement comme vous avez pensé devoir le faire, bien entendu. Quand vous parlez de l'augmentation de vos propres dépenses, etc., je me sens terriblement coupable et égoïste de nourrir des desseins qui peuvent vous sembler un tant soit peu extravagants. Bien chère Mère, si seulement vous mesuriez la pureté de mes mobiles ! La réflexion m'a convaincu, comme elle vous convaincra, que l'unique moyen pour moi de faire des économies est de me rétablir au point de pouvoir travailler. Je suis prêt à tout pour atteindre à ce but, même à prendre l'apparence d'un simple jouisseur. Si j'en suis toujours au même point dans deux mois, un hiver en Italie me permettrait de disposer de mon temps à ma guise, m'aiderait sur la voie de la guérison plus que n'importe quoi d'autre, bien plus qu'un hiver à Paris — et, de toute évidence, aussi longtemps que la possibilité même m'en est refusée — plus qu'un hiver en Allemagne. Mais ce séjour en Italie hâtera le moment où je serai capable de passer un hiver, ou tout au moins quelques mois, en Allemagne, sans dommage et avec un réel profit. Si, avant de quitter la maison j'avais compris comme je le comprends à présent que pour être *rentable*, ma visite ici devrait consister en un véritable changement — une véritable prise de conscience — nous aurions pu débattre de ce sujet beaucoup mieux que par lettre. En fait, quand je me souviens à quel point, pendant les trois ou quatre mois avant mon embarquement, je fus contraint d'abandonner *complètement* la lecture et l'écriture (Willy peut vous le confirmer), je vois que c'était une bien folle illusion de mes rêves que d'imaginer les reprendre grâce à un simple changement de lieu — comme il était absurde de croire que je pourrais reprendre ma vie d'autrefois avec moins de risques à Paris qu'à Cambridge. Ayant perdu autant de temps que je l'ai fait, vous comprendrez que, naturellement, je souhaite économiser ce qu'il en reste. À la réflexion un hiver en Italie n'est pas, comme vous le qualifiez, un hiver de « récréation » mais l'occasion à la fois de me régénérer, et de parfaire ma culture — cette qualité de culture qui est la seule pour laquelle j'ai encore du temps maintenant que j'ai vingt-six ans — aussi je trouve le courage de maintenir mon projet, même en face de vos allusions à la nécessité où vous êtes de faire des économies. Cela nécessite une conviction bien profonde de plaider ainsi devant des arguments, graves et touchants, la cause de ce qui paraît vulgaire oisiveté. Mais j'ai badiné pendant si longtemps avec mon problème que j'ai le sentiment de pouvoir me permettre d'être un peu brutal. Ma tendre Mère, si jamais je vous suis rendu sain et en état de marche, vous comprendrez que vous n'aurez pas distribué les perles de votre charité à une brute irraisonnable mais à une créature dotée d'une âme capable de reconnaissance et de volonté. Il y a deux choses qu'il m'est à peine nécessaire d'ajouter : premièrement que, bien sûr, votre réponse vous sera dictée uniquement par les exigences du cas et que vous écarterez tout désir de me plaire comme toute crainte de me déplaire ; deuxièmement que, soit à Paris, soit en Italie, je serai aussi économe que possible. Après tout, il reste encore deux mois ; tant de protestations doivent vous paraître prématurées. Il se peut que je me découvre assez robuste pour affronter le « *marasme* » parisien dès le 1er septembre.

Mercredi 30

J'ai laissé ma lettre inachevée et je n'y ajouterai que quelques mots avant de la fermer. Il m'est arrivé une aventure digne d'être mentionnée. Lundi soir (avant-hier) j'ai décidé avec trois messieurs d'ici (deux Anglais et un Allemand) de faire l'ascension d'une certaine montagne, toute proche, nommée la Roche de Neige. (À propos, en ce qui concerne les diverses localités des environs, demandez à Willy de vous montrer les deux poèmes de M. Arnold sur Obermann.) Nous partîmes comme convenu à minuit, de façon à nous trouver au sommet pour voir le lever du soleil. Nous y sommes arrivés après quatre heures de marche ininterrompue — la dernière partie du trajet faite au clair de lune. Le lever du soleil fut plutôt décevant à cause de nombreux nuages : tout de même, le boulet rouge jaillit avec la splendide soudaineté habituelle. Il faisait extrêmement froid là-haut bien que nous ayons pris un guide chargé de manteaux, etc. Nous sommes descendus beaucoup plus vite et nous avons atteint l'hôtel vers sept heures, juste à temps pour un bain et le petit déjeuner. J'étais fatigué, bien sûr, mais pas à l'excès et je suis à nouveau tout à fait bien aujourd'hui. Néanmoins, l'idée de cette expédition était sotte et je ne me livrerai plus à ces hauts faits nocturnes : on n'y trouve pas son compte. Mais la Roche de Neige est à peu près aussi élevée que le mont Washington. Qu'auriez-vous dit, l'été dernier, de me voir partir à minuit pour escalader ce dernier? En ce qui concerne mon état de santé, je me sens parfaitement disposé à m'élancer demain, en agréable compagnie, pour la même aventure. Je viens juste de recevoir, avec gratitude, l'*Atlantic* de juillet. Mon récit me frappe comme étant le fruit d'un moi dépassé. La deuxième partie, j'imagine, est meilleure. J'ai eu récemment des nouvelles de John La Farge qui m'annonce son éventuelle venue en Suisse cet été. J'espère beaucoup qu'il restera fidèle à cette idée mais j'en doute. Minny Temple m'écrit qu'il est *possible* qu'elle aille à Rome l'hiver prochain. De cela aussi, je nourris un assez faible espoir. J'ai de fréquentes nouvelles de tante Kate qui, de toute évidence, s'amuse énormément. Vous devez être sur le point de quitter Poinfret. Écrivez-moi tout sur ce sujet. Jusqu'à ce que je vous aie donné une adresse plus stable, écrivez-moi chez les Norton, *La Pacotte, Vevey*. Adieu, ma très chère Mère. Dites à Willy que je répondrai rapidement à sa dernière lettre. Tous mes vœux à Père et Alice. Incitez Willy à écrire.

Votre fils dévoué
H. JAMES JR.

723 15th St., Washington
Dimanche matin
[29 janvier 1882]

Mère très aimée[1],

Il faut absolument que je vous écrive et que je vous embrasse même si j'ai peur que vous ne puissiez me rendre la pareille avant un certain temps. Voilà deux jours que Bob m'a mis au courant de votre maladie et je l'ai aussitôt supplié de me donner des nouvelles plus détaillées. Il n'y a pas de distribution de cour-

1. Mrs. James est morte le jour même où cette lettre lui fut envoyée.

rier aujourd'hui, aussi suis-je dans l'attente, même si un autre bulletin de santé doit me parvenir de Cambridge, ce dont je doute. Mais j'espère tellement que vous allez mieux, Mère chérie, et que vous avez cessé de souffrir comme vous avez dû le faire. Cela m'est presque impossible de vous imaginer en pareil état étant donné que je vous ai toujours vue vous affairant autour des lits sur lesquels d'autres malades étaient couchés. Puissiez-vous être levée, à présent, et rendue à vos précieuses activités, respirant avec une liberté plus grande que jamais. L'asthme doit être des plus pénibles et j'espère que le dévouement de la famille vous aura offert toutes les consolations possibles. S'il en est autrement, faites-moi venir auprès de vous et je vous soignerai nuit et jour. Je serai extrêmement déçu si je ne reçois aucune nouvelle de vous demain et serais très heureux si tante Kate avait le temps de m'écrire ne serait-ce que quelques mots. (J'ai peut-être tort d'inférer que Père et Alice sont un peu fatigués par les soins qu'ils prodiguent.) Washington est toujours agréable malgré le temps médiocre et je n'ai fait aucune rencontre intéressante. Je pense rester ici encore une quinzaine. L'événement du moment est l'éclat de Blaine à propos de l'Amérique du Sud, une chose qui met les petits Adams — ils sont extrêmement politisés : Mrs. Adams surtout — dans un état d'excitation intense. J'ai peur que vous ayez beaucoup à souffrir du froid et j'espère que le pire est passé. J'aimerais bien savoir quelque chose du séjour de William à Chicago, mais comme je ne m'attends guère à ce qu'il m'en fasse le récit, je ne sais à qui m'adresser. Si seulement Père ou Alice pouvaient m'envoyer un mot — ou si Bob pouvait m'écrire à nouveau.

Votre toujours tendrement affectueux
H. JAMES JR.

Découvrez, lisez ou relisez les livres d'Henry James

LES BOSTONIENNES (Folio n° 479)

L'AMÉRICAIN (Folio n° 1346)

LES AILES DE LA COLOMBE (Folio n° 3141)

DAISY MILLER (Folio n° 3624 et Folio Bilingue n° 45)

LA MAISON NATALE (L'Étrangère et Folio Bilingue n° 78)

ANDRÉ GIDE

Né en novembre 1869 à Paris dans une famille protestante, André Gide perd son père très jeune et est élevé par sa mère et sa nourrice. Il fréquente l'entourage littéraire de Mallarmé et de Valéry dès 1891 et, en 1908, il fonde avec quelques amis *La Nouvelle Revue française.* Par son œuvre comme par ses prises de position, ses nombreuses amitiés et ses voyages, il exerce, pendant plus de cinquante ans, une incroyable influence sur la vie intellectuelle française. Il reçoit le prix Nobel de littérature en 1947 et meurt à Paris en 1951.

Ces lettres sont extraites de Correspondance avec sa mère, 1880-1895.
Édition établie, présentée et annotée par Claude Martin.
Préface d'Henri Thomas.

[Jeudi 23 août 1894.]
Pension Petitpierre
Rosemont A
Lausanne

Ma maman chérie,

Je sais que tu es maintenant de nouveau toute seule ; j'ai peur que tu n'aies un peu froid près du cœur, que tu ne sois très triste ; et je veux t'écrire aujourd'hui rien que pour te dire combien je t'aime tendrement. Il me semble que mon affection me fait si bien comprendre toutes les pensées grises qui doivent tourner autour de toi, certains jours, et te chagriner... : j'aimerais que cette lettre les chasse.

Tu as appris l'extraordinaire histoire de Valentine avec qui je m'entends pour détester la Suisse ; pourtant, avant-hier et hier, nous avons fait des promenades charmantes. Un temps superbe a secondé notre plaisir ; nous avons vu les Gorges du Trient. Course mémorable, où j'ai commencé par manquer le train, laissant mon oncle et Valentine faire la route ensemble, puis j'ai perdu mon chapeau dans le train, puis etc. etc... — Valentine vous racontera cela. Nous nous sommes beaucoup amusés.

Hier, thé dans la forêt avec toute la pension où nous sommes. Valentine est *charmante* : je suis on ne peut plus heureux de ce petit arrêt à Lausanne ; tu lui as écrit hier un petit mot qui l'a profondément touchée.

Je reste ici jusqu'à demain ou après-demain, puis je vais gagner l'Engadine par la Furka, Andermatt et Coire, je pense ; rien n'est certain encore, je t'écrirai.

Ma tante est assez souffrante ; charmante ; mon oncle, charmant ; Jeanne, charmante. *Je suis enchanté que Valentine les voie.*

Rien d'autre à te dire encore ; je suis très facilement à bout de nerfs, mais cet air est excellent pour moi.

Chère maman, au revoir. Je t'aime plus que tu ne saurais croire, et me souviens de la bonne promenade que nous avons faite du côté de Bonnebosq, tous les deux seuls, comme les vieilles années d'autrefois.

Au revoir. Je suis ton enfant chéri.

ANDRÉ.

[La Brévine,
jeudi 18 octobre 1894.]

Maman chérie,

Je te supplie de toute mon âme de laisser tranquillement comme elles sont nos relations de Madeleine et de moi. Attends au moins que je t'aie parlé.

Tu ne saurais croire combien ta persistance à revenir sans cesse autour de ce sujet, même sans l'aborder franchement, m'emplit de crainte et m'ôte de confiance. Tu m'affirmes que tu ne dis rien, mais se peut-il que tes préoccupations intimes si constantes n'apparaissent un peu au-dehors ? Je voudrais que tu prennes confiance. Tu me faisais des raisonnements forts beaux, l'autre jour, et je ne puis te dire que tu as tort, car je ne suis pas absolument sûr d'avoir raison, mais je crois que nous avons chacun précisément assez de sagesse pour diriger les événements de notre propre vie, et qu'il est un point où autrui n'a plus rien à voir et où ne pénètrent plus les conseils.

Maman bien aimée, je t'en supplie, prends garde : quand les choses allaient mal, j'attendais tout de toi ; je recourais à ton aide. À présent que tout va bien, laisse tout bien aller. Un mot de toi, imprudemment, peut nous faire à tous beaucoup de mal... à tous, je dis à tous, car je veux t'avertir que si quelqu'un dérange ce qui m'est le plus cher au monde, les pires choses sont possibles.

D'ailleurs, que souhaites-tu ? Tu m'as dit toi-même, lorsque je voulais aller trop vite, qu'il fallait attendre longtemps. Est-ce qu'à présent toi, tu ne voudrais plus attendre ?... Et puis je n'attends rien... je ne sais que te dire, les lettres sont trop imparfaites et courtes. Attends que nous puissions parler, et ne va pas contre les choses. Si tu les déranges, je ne sais ce que je ferai, je crois que je ne pourrais plus te revoir. Tout va comme nous le souhaitions ensemble à La Roque. Je te parlerai, j'en ai hâte, de notre correspondance. Par quel étrange malentendu a-t-elle pu s'interrompre un jour ? Nous souhaitions une réunion au printemps, dans une ville étrangère : cette rencontre à peine espérée devient chaque jour plus possible et probable. Je n'en parle pas, je n'ose pas en parler, mais Madeleine m'écrit qu'elle souhaite tant me revoir ! et ne m'a pas revu depuis quatre ans...

J'ai peut-être le plus grand tort de te dire ces choses, car je ne t'en dis pas assez pour que tu puisses les bien comprendre. Attends que nous ayons pu causer, attends, je t'en supplie, ne fais rien de rien, ou tu me mettrais au désespoir.

Oublie tout ce que je viens de te dire, aie assez de confiance en tes deux enfants, et laisse-les libres de jouer au bonheur, et ne crois pas toujours qu'ils ignorent les règles du jeu. Tu peux, avec un mot maladroit, nous faire un mal irréparable. J'ai hâte de pouvoir longuement te parler. En attendant, ne parle pas, maman chérie.

Je ne comprends pas bien ce que tu me dis des carrières, quand tu compares la mienne à celle des médecins et des ingénieurs ; j'ai peur que tu ne te trompes gravement ; de cela aussi, je voudrais te parler. Pourquoi citer des noms propres ? Un homme est-il semblable à aucun autre ? Chaque artiste n'est-il pas forcément une exception à toutes règles ? un cas unique et qui ne se retrouvera plus ? ou une non-valeur, si quelqu'un était déjà comme lui. Car comprends que les grandes œuvres restent, et ne sont pas comme les opérations des médecins qu'il faut reprendre à chaque malade. Les autres professions, quelles qu'elles soient, offrent un sujet permanent au travailleur ; là, point, on opère sur soi-même. De là l'importance si étrangement particulière de *la vie* de l'artiste. Je t'écris en hâte et ces choses, qui sont importantes entre toutes, ont l'air presque stupides, ainsi resserrées en quelques lignes mal écrites. Mettons que je n'ai rien dit.

Adieu, chère maman ; envoie mon autre lettre à Madeleine comme je t'en priais, et sois sans crainte. Garde cette lettre ; garde toutes mes lettres. C'est à ceux que je préfère que j'écris les choses les meilleures.

Ton bien aimé

ANDRÉ.

[Marseille, vendredi
18 janvier 1895.]

Ma maman moult aimée,

À Marseille à présent, — et j'attends. Le temps, encore mauvais hier, se calme ; pas un nuage à présent dans l'air, si bleu que tant de sérénité commence à m'emplir enfin l'âme. Quand regoûterai-je enfin cette joie si parfaite des mois derniers — et que je veux toujours continuée... ? Je crois que seule la fatigue de tête l'interrompit. L'ennuyeux, c'est qu'à Marseille l'on ne se repose pas bien ; j'ai une mauvaise chambrette en pleine Cannebière, et le bruit assourdissant de la rue cesse à peine quelques heures entre le soir et le matin. Cela me rappelle les villes d'Espagne et leur tumulte, — te souviens-tu ? Barcelone, Madrid, et Séville ?

J'attends, aussi, pour ne m'embarquer que solide, car la fatigue de ces derniers temps s'était un peu portée sur la poitrine — oh ! à peine —, mais, comme souvent (et MM. Bourget et Andreae m'ont dit de n'y attacher point d'importance), les muqueuses des petites bronches fonctionnent trop vite et sécrètent, ce qui amenait un tout petit râle dans la respiration. Si je te dis cela simplement, c'est parce qu'il n'y a là absolument rien d'inquiétant. De plus, aucune transpiration anormale et aucun frisson, simplement un peu de fatigue, et le temps humide et tiède.

Enfin, te l'avouerai-je... j'attends... je vous attends !! Oui ! le désir de votre venue m'obsède à ce point que je n'ose partir, quitter Marseille, sans savoir si vous ne viendriez... si vous ne le quitteriez pas avec moi ? ! Je sais que ma tante Charles t'a proposé chose à peu près semblable, elle m'a lu le petit passage de sa lettre où cela est dit ; la rapidité de cela m'a stupéfait, j'ai pensé d'abord : oh ! comment ! déjà ? Je me suis récrié. Je l'ai presque priée de changer cette lettre. À présent, je pense : pourquoi pas ? Tous les désirs de mon cœur et de mon âme, toutes mes plus chères pensées reviennent autour et s'y heurtent. J'attends encore. Réponds en hâte, car cette attente est une usure : Pourquoi ne viendriez-vous pas, tout de suite, profitant précisément de ce que Marie ne peut pas encore te revenir ?

Il faudrait à présent savoir enlever cela d'enthousiasme, en faire une chose joyeuse, glorieuse, occuper le cœur et l'esprit à ce point qu'aucun temps ne reste pour savoir si cela est ou non bien raisonnable. Tu as eu, tu as encore le temps d'y réfléchir, *toi,* — il ne faut pas y laisser réfléchir trop Madeleine, elle aurait peur et s'userait dans ces réflexions impuissantes.

De sorte que, si tu fais ceci, garde-toi, repassant à Paris, de voir trop de monde ; Madame Laurens peut-être, et encore ?!!

Plus j'y réfléchis, plus je vois là la seule issue, le seul soupirail dans une situation si traquée. Autrement, rien ne se fera, — rien ne se défera non plus.

Donc, je ne pars pas que je n'aie une réponse ; mais, comme je m'affole d'attendre trop, télégraphie, je t'en supplie, et que ce soit : « Nous arrivons. » Je ne puis songer à la détresse que me causerait toute autre réponse. Songe à ce que ce serait, cette traversée ensemble, tous trois, par ce temps splendide qui renaît. Songe à ce que serait, sinon, ma pauvre traversée solitaire.

En attendant, pour fuir Marseille, je compte aller saluer à Toulon les Latil, et peut-être à Cannes Madame *Lepel-Cointet* (rencontrée à l'hôpital de Montpellier) pour y prendre des nouvelles de Mme Salvador.

Je t'embrasse ; je vous embrasse tous de toute mon âme.

ANDRÉ.

Je reçois à l'instant les épreuves de la première moitié de *Paludes*. L'impression était déplorable dans la *La Revue Blanche*. Elle est excellente, à présent.

Vraiment je suis très épaté de *Paludes*. *Paludes* m'a l'air très épatant. Combien impatiemment j'attends de pouvoir vous montrer *Paludes* !

Ci-joint cette lettre de Marie.

Découvrez, lisez ou relisez les livres d'André Gide

MARCEL PROUST

Issu d'une famille bourgeoise, il naît en 1871 ; c'est un enfant nerveux, maladivement attaché à sa mère, souffrant, dès l'âge de neuf ans, de violentes crises d'asthme. En 1892, il obtient une licence ès lettres et fréquente salons et soirées. En 1896 paraissent *Les Plaisirs et les Jours*. De 1896 à 1904, un roman inachevé de mille pages, *Jean Santeuil*, ébauche les thèmes, les lieux, les personnages de la *Recherche*. En 1905, frappé par la mort de sa mère et conscient des progrès de sa maladie, Marcel Proust renonce aux plaisirs du monde. Jusqu'à sa mort, il se confine dans une semi-réclusion, seulement entrecoupée de longs séjours à Cabourg. Il travaille dans l'obsession de ne pouvoir mener à terme l'œuvre qui peut désormais s'écrire. *Du côté de chez Swann* paraît chez Grasset à compte d'auteur en 1913. Le succès inattendu du roman permet au romancier de publier chez Gallimard *À l'ombre des jeunes filles en fleurs* (prix Goncourt 1919) puis *Le Côté de Guermantes* (t. 1, 1920, et t. 2, 1921) et *Sodome et Gomorrhe* (1921 et 1922). Il meurt en 1922. Son frère assure alors la publication de *La Prisonnière* (1923), *Albertine disparue* (1925) et *Le Temps retrouvé* (1927).

Ces lettres sont extraites de Correspondance avec sa mère.
Lettres inédites présentées et annotées par Philip Kolb (Plon, 1953).

Dimanche 5 heures
[8 septembre 1901]

Ma chère petite Maman,

Ce n'est pas de ne pas penser à toi qui me fait si peu écrire, ni de ne pas chérir les moments où je suis seul avec toi, en t'écrivant. Mais étant toujours en crise, je préfère donner à mes plaintes des confidents plus indifférents. En ce moment je suis très bien. Je viens de déjeuner et le déjeuner est mon délicieux moment. Il ne tarde pas à être suivi d'une faible tendance à l'oppression mais aujourd'hui au contraire commencé avec un peu d'oppression il paraît l'avoir chassée. Je t'ai télégraphié d'Amiens, m'y étant arrêté pour déjeuner mais en réalité j'étais allé à Abbeville jusqu'où m'a accompagné Yeatman qui allait à Boulogne et qui au lieu d'aller déjeuner à Boulogne comme y comptait sa femme a très gentiment passé son après-midi avec moi jusqu'à 5 heures où il a repris le train de Boulogne. Je suis rentré seul à Abbeville où j'ai un peu travaillé devant l'église. À six heures et demi j'ai repris le train pour Amiens où j'ai dîné au buffet de la gare. Et ayant découvert qu'un rapide passait à 9 heures à une statior voisine d'Amiens appelée Longueau j'ai pris à 8 heures 1/2 un train pour Longueau où j'ai cueilli le rapide, ce qui m'a mis à Paris à dix heures trente au lieu de près de minuit. Et j'ai pris de là un funeste gare de l'Est Trocadéro. (Je m'aperçois que le papier sur lequel je t'écris a été préalablement tâché, pardon.) La première partie de cette expédition a été insupportable parce que j'étais très souffrant. Mais la 2e a été très agréable. Je n'étais plus trop mal et j'étais content de voir les mines encore intactes de l'été autour de moi. Seulement depuis je n'ai pas eu la bonne nuit qui eut réparé cette fatigue et il en résulte que de l'enbompoint [*sic*] que je désirais tellement te montrer, que la nuit je rêve que je le retiens comme une balle, il ne reste plus grand chose. Mais ce qui est plus important et me ravit c'est que le tien doit fondre à vue d'œil. Tu ne me le dis pas, mais ta marche de dix heures m'a stupéfié et enchanté. Jusque là tes renseignements étaient si vagues que je me figurais que tu faisais 1/2 heure de marche autour de l'hôtel. Dick est vraiment une perle morale autant qu'intellectuelle et physique. J'ai reçu le chèque de 400 fr. au moment où je partais pour Amiens et j'en ai accusé immédiatement réception à Papa. À ce propos quelques comptes. De peur d'être pris de court bien que mon argent ait duré jusqu'à jeudi (clôturant les 3 semaines) comme je l'avais prévu j'avais mardi fait demander 100 fr. à Nathan et remets 100 fr. à Arthur comme tu me l'as dit. Il me resterait donc 200 fr. Mais ma journée d'Amiens-Abbeville, y compris le déjeuner pour Yeatman et pour moi, le dîner pour moi m'a coûté 7-0 et je redevais à Arthur sur places de théâtre etc. presque une trentaine de francs de sorte qu'avec les dépenses de ces jours-ci il me reste seulement 150 francs. (places de théâtre signifie *Tour du Monde* et *Guillaume Tell* je pense que je t'ai parlé de cela). T'ai-je aussi dit que M. Borrel était venu pour voir Papa. En tous cas je ne crois pas t'avoir dit (je ne t'ai pas je crois écrit depuis qu'un pharmacien du nom de Boucher avait écrit à Papa en regrettant son absence car il serait venu le remercier d'avoir tâché de le faire nommer délégué à je ne sais quelle commission d'Assistance publique. Je n'ai plus Roche depuis Mercredi. Et il n'y a pas une seule voiture fermée dehors. Gélon a mis une heure un quart à m'en trouver une le matin d'Amiens. Il n'y a plus de vent je ne l'accuse donc plus. Mais sa disparition a marqué autant que je puis me reconnaître au milieu de tant de causes apparentes et de coïncidences possibles une cessation d'oppression. Et maintenant elle a peut'être pour cause la fatigue d'Amiens qui a été extrême et les mauvaises nuits, le peu de lit etc etc (pour continuer mes déjeuners d'ailleurs retardés étant donné mes mauvaises nuits je suis obligé de beaucoup réduire le temps de lit). Dis à Robert que pour diverses raisons (je ne veux pas me fatiguer à trop écrire) je me demande si mon asthme ne viendrait pas de vers. Et si je ne devrais pas à tout hasard essayer q.q. chose. Brissaud conseille (dans son livre) les lavements de mercure mais je ne voudrais pas faire cela tout seul. Mais si Robert croit que c'est possible, qu'il fasse un choix entre calomel, lavements d'eau sucrée ou glycérinée et dans ce cas m'envoie une dépêche. S'il croit qu'il n'y a aucune chance pour que j'aie des vers (pardon de tant d'inélégance) qu'il ne me télégraphie pas. Je n'écris pas plus longuement pour ne pas avoir trop chaud (bien que je transpire infiniment moins). Je t'enverrai un Filon qui me semble sympathique sur Compiègne.

Mille tendres baisers

MARCEL.

Mon oppression ne vient toujours pas.

Tu me demandes si j'ai des projets. Oui si je suis bien ! En tous cas Illiers ces jours-ci.

Je rouvre ma lettre parce que je crains que tu ne t'imagines que j'ai mes crises aussi fortes qu'en juin. Pas le moins du monde et d'ailleurs depuis q.q. jours c'est mieux. Je ne me relève plus la nuit. Je suis seulement incommodé. Quant à aujourd'hui depuis déjeuner je n'ai plus rien et voilà déjà assez longtemps. Il est 7 heures (je t'avais écrit vers 5).

Samedi soir
[24 septembre 1904]

Ma chère petite Maman

Il me semble que je pense encore plus tendrement à toi si c'est possible (et pourtant cela ne l'est pas) aujourd'hui 24 septembre [1]. Chaque fois que ce jour

1. Le Dr Proust, frappé en travaillant le 24 novembre 1903, mourut le surlendemain. Dix mois s'étaient donc écoulés depuis cet événement.

revient, tandis que toutes les pensées accumulées heure par heure depuis le premier jour devraient nous faire paraître tellement long le temps qui s'est déjà écoulé, pourtant l'habitude de se reporter sans cesse à ce jour et à tout le bonheur qui l'a précédé, l'habitude de compter pour rien que pour une sorte de mauvais rêve machinal tout ce qui a suivi, fait qu'au contraire cela semble hier et qu'il faut calculer les dates pour se dire qu'il y a déjà dix mois, qu'on a déjà pu être malheureux si longtemps, qu'on aura encore si longtemps à l'être, que depuis dix mois mon pauvre petit Papa ne jouit plus de rien, n'a plus la douceur de la vie. Ce sont des pensées qu'il est moins cruel d'avoir quand nous sommes l'un près de l'autre mais quand comme nous deux on est toujours relié par une télégraphie sans fil, être plus ou moins près ou plus ou moins loin, c'est toujours communier étroitement et rester côte à côte. — J'ai fait faire mon analyse, plus l'ombre de sucre ni d'albumine. Le reste à peu près pareil (il faudrait que j'aie l'autre pour comparer). Mon interprétation est la suivante. Ou bien la fatigue de dormir peu et d'être peu couché sur le bateau m'avait donné un peu d'albumine et de sucre. Mais à vrai dire je ne le crois pas, car en somme j'avais bien du repos tout de même et c'était si compensé par l'air etc. Ou bien de faire 2 repas au lieu d'un m'en avait donné et je ne le crois pas non plus car nos 2 repas étaient fort légers et très « huilés ». En un mot je ne crois pas que j'étais moins bien à ce moment là qu'en ce moment où je suis *souffrant.* Resterait donc l'hypothèse (mais ceci c'est peut-être anti-physiologique un médecin seul pourrait nous le dire) où le sucre et l'albumine peuvent ne pas être éliminés en ce moment où je prends peu d'air, et me donner d'autant plus de malaise, et l'avoir été sur le bateau (mais c'est peut-être impossible et fantaisiste). Ou l'air rendant la transpiration difficile le sucre et l'albumine pouvaient être obligés de passer par l'urine et actuellement sortiraient par la peau [...]. Mais je ne suppose pas que cela se passe ainsi. Je suis toujours fort patraque. Je suis rentré sans crise hier soir et me suis couché en somme dans le même état que si je n'étais pas sorti. J'ai eu en revanche une longue crise sans spasme aucun dans la matinée qui m'a obligé à me rendormir fort tard, à me lever un peu précipitamment ce qui m'a rendu mon malaise et n'a servi à rien car *wird später gesagt* tout a été fort long. Pour tâcher de mettre fin à mon mal de tête constant, à mon mal de gorge etc etc j'ai pris fortement du cascara ce soir et j'espère que cela me retapera. En tous cas je suis décidé à aboutir coûte que coûte. Et comme je trouve que cela traîne trop ainsi, maintenant que je suis désénervé tout à fait, je resterai tout bonnement un soir couché et me lèverai le lendemain matin. Je ne pouvais pas le faire ce soir parce qu'après une crise (même peu forte mais enfin ayant assez duré) je me dégage mieux en mangeant debout. Du reste si j'avais su que je prendrais ce système je n'aurais pas ainsi avancé mes heures, car quand je me réveillais à 7 ou 8 heures il m'était beaucoup plus facile de rester couché que maintenant où je me réveille vers 2 ou 3 heures et où cela me paraît plus triste de rester couché. Hier soir quoique ayant dîné avant 5 heures je ne me suis couché que tard relativement (3 heures 1/2) parce que j'avais été obligé d'ouvrir ma fenêtre comme je t'ai écrit hier et que j'étais resté tard à t'écrire. Comme j'ai fumé la matinée, je me suis rendormi jusqu'à 4 heures 1/2, le temps de me lever, *wird später gesagt warum* etc. le dîner n'a été prêt qu'à 6 heures 1/2 [...]. J'ai admiré Emmanuel Arène cédant la présidence du Conseil Général Corse pour ne pas voter un buste de Napoléon comme grand homme Corse dans la salle du Congrès. — Hier j'ai lu un Beaunier sur la séparation, toujours [les] mêmes plaisanteries, des citations d'Henri Maret, de l'*Action*, de Ranc etc. Des nouvelles mondaines q.q.conques, Mr de Nédonchel en villégiature chez les Ligne etc et une où j'ai cru relever une erreur « une fille de Mr Legrand dont la sœur est fiancée à Mr Georges Menier » (or elle est non fiancée, mais mariée). Or le hasard m'a fait voir que c'était un vieux *Figaro* de 1903. Tout était pareil et je t'assure qu'on aurait pu le lire d'un bout à l'autre sans s'apercevoir de rien. Seule la date différait. —. Je suis très bien au moment où je t'écris et en somme ce n'est que le contraste avec le bien-être que j'avais il y a seulement 8 jours qui m'agace. Mais je n'ai pas de malaise du tout. Je découvrirai peut-être la cause par hasard. Mme Lemaire écrit à Reynaldo pour lui demander si j'ai eu « le courage d'aller me soigner etc » et sa fille pour lui dire que sa mère lui rend la vie insupportable. Voilà quelque chose que je ne peux pas dire ! ma chère petite Maman ! qui serait si contente de me voir désétouffé comme je suis en somme, puisque ma crise de ce matin a été la seule et je te dis fort peu violente ; par exemple pas mal d'éternuements comme quand je me levais le jour. Tu as tort de trop attribuer les paroles de Croisset à la rage. En somme Faguet disait que cela vient en droite ligne de Marivaux et c'était cent fois trop aimable. Non, mais c'est devenu un chic chez les jeunes gens de taper sur Faguet comme autrefois sur Sarcey. Et c'est très bête d'appeler sa lourdeur de l'ignorance du français. Car c'est voulu et il sait très bien ce qu'il fait. S'il y a au contraire une chose défendable c'est sa forme. Je te colle ici une note d'un article d'un Mr Alfassa dans la *Revue de Paris*, qui n'a d'ailleurs aucun intérêt (la note) mais simplement parce que le nom de Papa est dedans. J'ai été tout seul aujourd'hui mais Antoine Bibesco m'a fait dire qu'il viendrait un instant un peu tard. Si j'étais bien demain grâce au cascara j'irais peut-être à la campagne, mais j'en doute fort. Peut-être comme je suis couvert maintenant dans mon lit est-ce que je prends froid en me levant. Peut-être ai-je pris atténué le malaise de Reynaldo (qui va maintenant très bien). Si tu as lu le *Temps* où était la lettre de Lintilhac tu as dû lire celle de Mirbeau sur Madame de Noailles. Quels éloges! Précise-moi toujours bien pour le premier jour de guérison dans quelles conditions je pourrais venir habiter à Dieppe. — Félicie s'est encore couchée de très bonne heure, moins pourtant qu'elle n'aurait pu, mais enfin je suppose vers 9 heures 1/2 bien que je n'aie pas regardé l'heure à ce moment. Marie est restée un peu à m'expliquer ses divers projets et très gentiment s'est refusée à ce que je fasse venir Baptiste si j'avais besoin de rester un soir couché, disant qu'elle le ferait très volontiers.

Elle m'a dit de te dire qu'elle t'avait terminé un corsage. Comme la porte d'entrée ne sonnait plus (mais absolument plus) (du reste je te l'ai peut-être dit hier) nous avons fait venir l'électricien de la rue de Monceau, Mme Gesland ignorant l'adresse du tien.

Mille tendres baisers

MARCEL.

P.S. Je me sens extrêmement bien ce soir et vais me coucher bien plus tôt quoique ayant dîné pl. tard.

Découvrez, lisez ou relisez les livres de Marcel Proust

À LA RECHERCHE DU TEMPS PERDU :

I. DU CÔTÉ DE CHEZ SWANN (Folio n° 1924)

II. À L'OMBRE DES JEUNES FILLES EN FLEURS (Folio n° 1946)

III. LE CÔTÉ DE GUERMANTES (Folio n° 2658)

IV. SODOME ET GOMORRHE (Folio n° 2047)

V. LA PRISONNIÈRE (Folio n° 2089)

VI. ALBERTINE DISPARUE (La Fugitive) (Folio n° 2139)

VII. LE TEMPS RETROUVÉ (Folio n° 2203)

UN AMOUR DE SWANN (Folio n° 780)

LES PLAISIRS ET LES JOURS, *suivi de* L'INDIFFÉRENT (Folio n° 2538)

CONTRE SAINTE-BEUVE (Folio Essais n° 68)

ESSAIS ET ARTICLES (Folio Essais n° 236)

PASTICHES ET MÉLANGES (L'Imaginaire n° 285)

JEAN COCTEAU

Né à Maisons-Laffitte en juillet 1889, écrivain, poète, mais aussi metteur en scène et artiste, Jean Cocteau connaît le succès dès son plus jeune âge, fréquentant les salons mondains et artistiques jusqu'à la guerre de 1914. À partir de 1917, il se lie d'amitié avec Picasso, Apollinaire, Cendrars et participe à tous les mouvements de son époque, des Ballets russes au cubisme et au surréalisme. Dans les années 30, il se tourne vers le cinéma et le théâtre : *Le Sang des poètes, Les Parents terribles, Le Testament d'Orphée* portent la marque de son talent. Il entre à l'Académie française en 1955 et meurt le 11 octobre 1963, laissant une œuvre extrêmement brillante et inventive, à la recherche de l'expérience des limites.

Ces lettres son extraites de Lettres à sa mère (1898-1918).
Texte établi et annoté par Pierre Caizergues
avec le concours de Pierre Chanel.

Val-André. 30 août 1906.

Maman chérie

La flamme d'une bougie tremble. La mer bourdonne. Tout est calme... Je commence par t'embrasser mille fois. Suit le récit de mon voyage.

Dans mon wagon est un monsieur très bien, assis en face de moi il savoure la lecture des « empoisonneurs de Chicago ». Sa face s'élargit d'aise et il semble prendre un immense plaisir à cette lecture, je l'y laisse pour me plonger dans « les 4 S ». À gauche et à droite filent des talus, tous les mêmes ! J'ai le temps de lire !

Jusqu'au déjeuner rien de spécial, Gorenflot et Chicot m'ont fait oublier les heures.

Je vais dans le wagon-restaurant non sans avoir fait contre les parois une imitation assez parfaite de balancier d'horloge. Je mange comme un ogre. Le monsieur très bien est devant moi, on passe du saucisson, il en refuse ! C'est bête aussi de lire des livres comme ça en chemin de fer ! Je le laisse échangeant avec un autre voyageur des considérations sur la taille du bois en général et du hêtre en particulier. Là-bas... de chaque côté glissent des plaines, une âpre odeur de déjeuner fini se mélange aux parfums fades de superficielles ablutions d'eau de Cologne. Les W.-C. fraternisent avec des senteurs de tabac anglais et ces vapeurs forment un ensemble attristant pour le cœur.

Cahin-caha le train file, le soleil darde, il fait une chaleur épouvantable, le wagon a des soubresauts terribles. Le monsieur très bien a des hoquets d'angoisse... soudain il disparaît.

Je ne me sens pas très bien... aurais-je mal au cœur? Un coup de sifflet! Station, halte! Je suis sauvé, à moi l'oxygène, j'en pompe avec frénésie et j'arrive en persévérant dans cet exercice respiratoire à raccrocher le fâcheux ballottement de mon estomac en dérive.

Maintenant je vais mieux, je peux lire tranquillement. Le monsieur très bien fait une conversation tout haut, elle est moitié pour moi, moitié pour lui. Avide de montrer la science qu'il a des voyages, il énonce des heures d'arrivées, des noms de stations, etc. Mon admiration est largement modérée par l'entrave que son ronronnement met à ma lecture.

Lamballe! On se frotte, on se mouche. On se bouscule. Je prends mes affaires et cette impression que je t'ai déjà communiquée d'une descente rapide en ascenseur me reprend. Qui vais-je trouver...? C'est le serrement de cœur pénible, sot peut-être mais pénible quand même.

Personne n'est là... et au lieu d'en être embêté

c'est un soupir de satisfaction que je pousse, encore deux heures pour me préparer !

Il y a là un tout autre monde qu'ici, déjà on voit circuler les femmes velours et coiffes ! Les hommes vêtus court de bleu. Pas moyen d'avoir mes bagages... enfin il y a deux voitures... je prendrai la seconde... J'y suis d'abord seul, deux bonnes femmes viennent m'y rejoindre, elles sont suantes soufflantes et portent d'immenses paquets.

Nous suivons une route blanche, presque crayeuse de poussière. À droite le siège me masque la vue, en face de moi et dans mon dos... ce sont des plaines immenses et laides. Un nuage gris, doré par le soleil persiste derrière nous et marque sur le chemin notre passage, à mesure que nous avançons... longtemps, longtemps nous la suivons cette route... et voilà ce bête de creux dans la poitrine qui me reprend. Est-ce signe que nous approchons ? Je questionne une des femmes, elle me répond que dans une demi-heure j'aurai rendu !... J'avais envie de lui répondre qu'avec ces cahots dix minutes suffisaient pour cela, mais elle n'aurait pas compris le sel... et je me suis abstenu.

La vue devient plus pittoresque... On voit le ciel tomber de toutes parts à l'horizon, bleu sur nous il est gris là-bas et ce gris mêlé de mauve flotte comme une buée légère, devant moi tout est rongé par le couchant... et deux moulins apparaissent dont les ailes blanches tournent tournent.

La vieille dame prenant sans doute mon genou pour la banquette y tapote des marches militaires... Soudain deux cris s'élèvent... « Le Verdelé ! » Et je le vois ce fameux rocher défiguré par leur accent, qui se dresse par une échancrure... violet et vert dans un coin bleu.

... Et ces deux moulins roux dont les ailes blondes tournent toujours... je me sens de plus en plus oppressé.

Voilà des maisons, des chalets... des roches ! On arrive ! Une petite fille pousse devant elle deux vaches... Mes tempes battent à craquer.

Nous y sommes, chalet Georges-Anne. Tout le monde est au tennis je suis seul. J'ai une envie folle de faire comme Triplepatte à la mairie... de filer ! Mais baste j'y suis j'y reste.

En un monsieur et une dame sur la route je devine le ménage Dietz ! «Plus de doute c'est eux» dirait madame Belazor. Ils poussent la grille... On grimpe l'escalier... un coup à ma porte. Les voilà.

Lui : un faux Mounet-Sully, œil trop fuyant... regard en dessous... paroles hachées.

Elle : à frisottis sur le front, m'annonce à petits cris que dès demain jour de congé on fait soixante kilomètres à bécane, «Si vous ne pouvez pas tant pis pour vous», m'empoigne le menton d'un geste qui n'admet pas de résistance m'explore la gorge pour annoncer que je n'ai presque plus rien ce que je sais fort bien.

Dîner de famille.

Trois pensionnaires et le fils, un autre va venir qui prendra ma place dans la maison. Moi où vais-je aller, «je n'sais pas». Je me laisse conduire par les circonstances — c'est encore le parti le plus simple et je l'ai adopté.

Dès ce soir j'ai travaillé du latin — cristi il ne perd pas son temps ! Je suis abruti et complètement démonté. Dieu que je me sens seul ! J'espère que la nuit va me remonter. Et je termine ma lettre pour dormir.

Je t'adore petite mère chérie, tout en pleurant amèrement de ne pas t'avoir avec moi et je te couvre de baisers.

JEAN.

(Écris-moi de longues lettres je serai moins loin !)

Val-André,
15 septembre 1907.
Dimanche

Ma petite mère chérie

Dans quinze jours je serai sur le point de te revoir ! J'ai plus fort que jamais la nostalgie de Maisons... La guérison de mon mal ne durera qu'un jour hélas car il me faudra partir sitôt venu.

J'en arrive à bénir l'approche rapide du bachot car ce temps d'études stériles et de forces perdues m'énerve ou m'anéantit.

J'ai des soirs terribles, mais je pense à toi, aux amitiés profondes que j'ai su m'attacher et je plains alors les égoïstes qui ne connaissent pas les consolations ineffables du cœur.

Si la solitude m'est insupportable la journée crève de gaieté bête et de joie enfantine. Tennis, cris et chansons la remplissent.

Je suis très heureux que tu donnes enfin à Maeterlinck la place qui lui est due, relis Kipling c'est admirable, *La lumière qui s'éteint* est une œuvre géniale.

Toute la colonie t'aime et moi je t'adore.

JEAN.

P.-S. Merci mille fois pour le bon.

Carte postale : Chargé (le Château), La Roche. À Maisons-Laffitte. Cachets : Chargé, Indre-et-Loire, 28-8-12; Maisons-Laffitte, 29-8-12.

Maman chérie — Rien au monde ne me contente plus que tes lettres et un compliment de toi me cuirasse contre les atteintes. Hier soir conversation sur la peur et les larves planétaires. Grande peur. Léon sait là-dessus des précisions à faire mourir sur place.

Il raconte que *dans certains cas* un reflet de glace *peut faire un geste opposé au vôtre et prendre une vie propre.* C'est à ne plus entrer la nuit dans son cabinet de toilette.

Love.

JEAN.

Carte-lettre à en-tête : Offranville, Seine-Inférieure. 23 octobre 1912 (Mme C. : « 8bre 1912 »).

Ma chérie

Tu sais bien que je t'aime plus que tout au monde et que mes mauvaises humeurs viennent de ce que je m'attriste quelquefois à cause d'une bêtise qui nous supprime de la tendresse calme. Orage, tempête, coqs et vaches lugubres à travers les petits tambourins de la pluie automnale.

Blanche a peint des bégonias dont tu serais folle et ses gerbes solaires éclairent et chauffent la demeure avec leur huile lumineuse.

Je t'embrasse de tout mon cœur.

JEAN.

P.-S. Tutoiement télégraphique de Le Grix me cause stupeur moite !

Tout le monde me charge de mille bonnes choses.

1918

Je ne t'ai pas écrit de poème
pour Noël la cheminée
était trop froide.

Et je ne t'ai pas écrit
de poème le Jour de l'An

parce que s'ouvre
une année trop triste

Mais ici
sous le ciel où règne Cézanne
les charmilles du sang
regorgent
de cigales

mon cœur s'échauffe
dans la maison rouge où tonnent
les galopades féroces

de Philippe et de Germaine
pareils
à deux rosiers turbulents.

Leur mère était reine des Félibres[1]
Mistral et elle burent
le 21 mai 1899
à la coupe de Catalogne
comme un lys chenu
et une rose
dans un seul vase.

Et sa mère Laure de Sade
son grand nom cruel
escorté
du sourire
de Pétrarque

1918

l'homme ressemble
à l'enfant
qui étale une tache
il essaye
sournoisement de la faire
disparaître

1. Marie-Thérèse de Chevigné est la fille de la comtesse Adhéaume de Chevigné, née Laure de Sade. Reine du Félibrige, veuve depuis 1904, elle s'est remariée en 1910 avec l'écrivain Francis de Croisset dont elle a eu deux enfants, Philippe et Germaine Sa fille Marie-Laure de Noailles est issue de son premier mariage.

et déjà regarde
　　il en porte
　　sur ses mains
　　et sur sa figure en larmes.

La mort règne
aussi c'est à elle
qu'on adresse les suppliques.
De me prendre avant toi
　　　　　　　　c'est donc
tout
ce que je lui demande.

Grasse 1918
JEAN.

Découvrez, lisez ou relisez les livres de Jean Cocteau

L'AIGLE A DEUX TÊTES (Folio n° 328)

ANTIGONE *suivi de* LES MARIÉS DE LA TOUR EIFFEL (Folio, n° 908)

LES PARENTS TERRIBLES (Folio n° 149 et Folio Théâtre n° 14)

THOMAS L'IMPOSTEUR (Folio n° 480)

BACCHUS (Folio Théâtre n° 50)

LE CAP DE BONNE ESPÉRANCE (Poésie/Gallimard)

VOCABULAIRE — PLAIN-CHANT — L'ANGE HEURTEBISE PAR LUI-MÊME — APOLLON — L'INCENDIE — LEONE — LA CRUCIFIXION (Poésie-Gallimard)

WILLIAM FAULKNER

Né en 1897 dans le Mississippi, dans une vieille famille aristocratique ruinée par la guerre de Sécession, William Faulkner séjourne à Paris, à New York, à La Nouvelle-Orléans. Il s'installe à Oxford qu'il ne quittera plus que pour travailler comme scénariste à Hollywood. L'univers de Faulkner est un univers pessimiste, dont la déchéance, le péché, l'expiation par la souffrance forment la trame dramatique. Il a reçu le prix Nobel de littérature en 1950 et est mort en 1962 après une vie tout entière consacrée à la construction d'une œuvre qui compte parmi les plus importantes de la littérature américaine.

Dimanche
[28 avril 1918]
[New Haven]

Petite Maman chérie,

J'espère que tu as bien reçu tes fleurs. Phil et moi avons fait télégraphier pour qu'elles te soient expédiées de Memphis. Aujourd'hui, Phil et moi nous portions chacun notre œillet rouge[1]. Presque tout le monde, sauf les misanthropes, en portait un aujourd'hui, même si le temps était maussade et plutôt froid.

À l'hôtel Oneco, ce soir, il y avait un « Tommy » blessé qui avait la Distinguished Conduct Medal et une jambe raide. Il avait l'air d'un Américain (c'en était peut-être un) mais, de toute évidence, il avait participé au « grand cirque ». Ça produit un effet curieux de marcher dans les rues et de voir ces gens — des Polonais, des Russes, des communistes ita-

1. Célébration de la fête des Mères.

liens — tous avec un petit drapeau américain à la boutonnière. Et on dit que Dieu a créé l'homme à son image [CROQUIS [1]].

On a projeté un film sur la guerre produit par le gouvernement français, mais je l'ai su trop tard pour aller le voir.

Hier soir, j'ai vu Martha Hedman dans *The Boomerang.* Souviens-toi, nous avons vu cette actrice au cinéma à Oxford.

Hier après-midi, Phil et moi nous sommes allés jusqu'à East Rock. C'est à environ 70 mètres d'altitude, et de là-haut on domine tout un paysage qui s'étend au-delà de New Haven jusqu'à la mer; il y a des phares minuscules aussi raides et aussi blancs que des bâtons de craie, et un vapeur du Sound est venu accoster : on aurait dit un jouet, un petit bateau d'enfant sur un miroir. Le jour était si clair qu'on voyait les maisons de Long Island, les petits voiliers ressemblaient à des rubans de fumée, et l'eau était du bleu le plus bleu que j'aie jamais vu.

Je me suis remis à écrire des poèmes. Phil en a envoyé quelques-uns à un magazine : je t'en envoie copie. Pour ce qui est des vêtements, envoie des chemises-des-chemises-des-chemises. Et Maman, s'il te plaît, fais-les avec un seul bouton de col et non deux — pas [CROQUIS] mais [CROQUIS [2]] — pour que le col soit plus bas. Les blanchisseurs ont la mauvaise

1. Croquis d'un homme à la moustache fournie portant un petit drapeau au revers de la veste.

2. Croquis représentant deux cols de chemise, à un et à deux boutons.

habitude de faire sauter les boutons en repassant les chemises : ça simplifiera mon raccommodage.

Dis à Dean d'écrire pour me dire où en sont ses bonbons et embrasse Sallie de ma part quand tu la verras.

Je t'aime plus que tout au monde.

[*pas de signature*]

21 oct. 1925
Paris

Chère Maman,

Je suis bien content d'être rentré à Paris ; à part mon prochain retour dans le Mississippi, rien de plus agréable. Je viens de dîner superbement pour 32 *cents* aux 3 Mousquetaires, un de mes lieux habituels. La cuisse de lapin rôtie (j'ai plaisanté la serveuse, mais je ne crois pas que c'était du chat), du chou-fleur au fromage, des figues et des noix, et un verre de vin. Le restaurant est une sorte de club — c'est petit, on y voit les mêmes personnes tous les soirs : un jeune couple français bien tranquille, une dame qui porte un mouchoir de couleur autour du cou et une casquette d'homme style gouape, un vieil Anglais qui habite Paris depuis 50 ans, un jeune photographe américain et moi.

J'ai encore été arrêté à Dieppe. Pour la 6e fois depuis mon arrivée en France. Je ne sais pas ce qui peut bien me rendre suspect. Je dois avoir une sale tête, ou c'est mon trench-coat ou je ne sais quoi. Je ne faisais pourtant rien de particulier, j'étais là sur le quai à regarder le déchargement d'un bateau de pêche et à manger un morceau de pain quand voilà le gendarme qui arrive à bicyclette.

« *Vous papier, Monsieur.* »

« *Bien, monsieur** [1]*.* » Je présente mon passeport. Il l'ouvre à l'envers.

« *Votre êtes anglais ?*

— *Non, monsieur, américain**. » Je mets le passeport dans le bon sens.

« Ah ! Ah ! » dit-il du ton vous-êtes-fait-mon-gaillard. Il examine les mots anglais sur mon passeport. Puis il me regarde à nouveau. « *Que faites-vous, monsieur ?*

— *La même chose que faisaient tous des messieurs par la**. » Je lui réponds en désignant une bonne douzaine de personnes qui en font encore moins que moi.

« *Ah ! Ah ! Alors, venez avec moi au bureau**. »

C'est un peu une marche triomphale. Il pousse sa bicyclette, et moi j'avance à son côté en mangeant mon pain (j'ai été si souvent arrêté que je suis blasé maintenant). Toute la ville de Dieppe s'arrête de ne rien faire et accourt à sa porte ou à sa fenêtre pour me voir et 3 gamins mal lavés nous emboîtent le pas. Quand nous arriverons au « bureau », il y en aura une dizaine. Ils me prennent probablement pour Lénine : le sergent prend mon passeport des mains du gendarme qui m'a fait prisonnier et examine longuement les mots anglais. Ils échangent des paroles

1. Dans toute cette scène, les passages en français (approximatif) dans le texte sont composés en italique et suivis d'un astérisque.

à voix basse tandis que les spectateurs retiennent leur souffle. Le sergent me dit : « Vous êtes anglais ? » « Non », je lui réponds. « Je suis américain, comme le dit le passeport. »

« Ah ! Ah ! Qu'est-ce que vous faites à Dieppe ?

— Rien. Je visite Dieppe avant de marcher vers Paris.

— Vous allez à Paris ?

— Certainement.

— De quel endroit arrivez-vous ?

— De Londres.

— Ah ! Ah ! Et pourquoi arrivez-vous de Londres ?

— Pour aller à Paris.

— Ah ! Ah ! » Ils examinent à nouveau le passeport et me regardent : ça y est, mon compte est bon. « Quel jour êtes-vous arrivé à Dieppe ? »

Je donne la date et il me dit : « Mais c'est de Suisse que vous arrivez.

— Mais on peut arriver de Suisse et arriver d'Angleterre en l'espace d'une vie, non ? »

Ils examinent à nouveau le passeport et le sergent dit : « Il est parti de Dieppe le 4 octobre.

— Mais il est revenu », signale l'autre. Le sergent me regarde à nouveau fixement et finit par admettre que je suis revenu. Je commence à penser comme lui qu'il faut être totalement innocent pour revenir à Dieppe. Et puis le sergent dit : « Fouillez-le ! » et l'auteur de la prise se met à fouiller mes poches, sans doute à la recherche de bombes ; il me prend mon argent, mon canif, tout. Les spectateurs sont déçus, je le sais, mais ils n'ont pas perdu tout espoir et attendent, tandis que le sergent emporte mes affaires dans une autre pièce. Il revient les mains vides et pendant une demi-heure ils restent assis tous les deux à m'observer. Le public se fatigue et disparaît peu à peu et, après un moment arrive un autre gendarme, tout couvert de galon doré. Il tient mon passeport à la main et me dit : « Vous êtes un *writair*, monsieur. — Oui, monsieur. » Il jette un nouveau regard sur le passeport. « Qu'est-ce que c'est que *writair*, monsieur ? » demande-t-il d'un ton plutôt aimable. Je lui explique et il dit . « Ah, poète ! » Il parle aux autres à toute vitesse et je récupère aussitôt mes affaires. « Vous êtes libre, monsieur, me dit-il. Partez, et bon voyage. »

Il faut pas mal de stupidité pour faire correctement son travail, mais c'est particulièrement vrai pour les flics.

J'écris toujours. Je vais rapportei des pages et des pages à la maison.

BILLY
Paris 21 oct. 1925.

Découvrez, lisez ou relisez les livres de William Faulkner

LE BRUIT ET LA FUREUR (Folio n° 162)

LE GAMBIT DU CAVALIER (Folio n° 2718)

LE HAMEAU (Folio n° 1661)

IDYLLE AU DÉSERT ET AUTRES NOUVELLES (Folio n° 3091)

L'INVAINCU (Folio n° 2184)

L'INTRUS (Folio n° 420)

LES LARRONS (Folio n° 2789)

LUMIÈRE D'AOÛT (Folio n° 621)

PARABOLE (Folio n° 2996)

PYLÔNE (Folio n° 1531)

REQUIEM POUR UNE NONNE (Folio n° 2480)

SANCTUAIRE (Folio n° 231)

SARTORIS (Folio n° 920)

TANDIS QUE J'AGONISE (Folio n° 307 et Folio Bilingue n° 1)

TREIZE HISTOIRES (Folio n° 2300)

UNE ROSE POUR EMILY — SOLEIL COUCHANT — SEPTEMBRE ARDENT (Folio Bilingue n° 59)

LE FAUNE DE MARBRE — UN RAMEAU VERT (Poésie/Gallimard)

ERNEST HEMINGWAY

Né en 1899 dans l'Illinois, Ernest Hemingway a une légende, qu'il a édifiée lui-même : celle de l'homme d'action, de l'aventurier bon buveur, dédaigneux de la littérature et des effets de style. Reporter puis correspondant de guerre, il s'inspire de ses expériences dans *Le soleil se lève aussi* ou *Pour qui sonne le glas*. Le succès et la célébrité lui permettent de voyager aux États-Unis et en Europe. *Le Vieil Homme et la mer* paraît en 1953. L'année suivante, Hemingway reçoit le prix Nobel de littérature. Malade, il se tue en juillet 1961.

Ces lettres sont extraites de Lettres choisies, 1917-1961.
Présentées et annotées par Carlos Baker.
Traduites de l'américain par Michel Arnaud.

Kansas City,
16 janvier 1918

Ma chère Mère,

Je viens juste de recevoir ta lettre aujourd'hui. Je commençais à me demander pourquoi je n'avais pas de nouvelles de la famille mais les trains ont tous été immobilisés. Ici aussi il faisait 20° en dessous bien que pas tellement de neige. Dans presque tout le Kansas ils en avaient à peu près deux ou trois pieds. Pas un seul train ni de l'Ouest ni de l'Est. On a vraiment été coupés de tout pendant quelque temps. La pénurie de charbon est encore assez grande ici. On devrait pourtant faire des projets car ça va bientôt être le printemps. À présent sèche ces larmes Mère et rassérène-toi. Il va falloir que tu trouves quelque chose de mieux que ça pour te faire du mauvais sang. Ne te fais pas de mauvais sang ne pleure pas ou ne te tracasse pas à l'idée que je ne suis pas un bon Chrétien. Je le suis tout autant que toujours et je fais ma prière tous les soirs et je crois juste aussi dur alors rassérène-toi ! Le fait que je sois un *joyeux* Chrétien ne devrait pas te tracasser.

La raison pour laquelle je ne vais pas à l'église le dimanche c'est parce que je dois travailler jusqu'à 1 heure du matin pour boucler l'édition du dimanche du *Star* et parfois jusqu'à 3 et 4 heures du matin. Et de toute manière le dimanche matin je n'ouvre jamais les yeux avant 12 h 30. Alors tu vois que ce n'est pas parce que je ne veux pas. Tu sais je ne parle pas avec enthousiasme de la religion mais je suis un Chrétien aussi sincère que possible. Le dimanche est le seul jour de la semaine où je peux dormir mon soûl. Aussi l'église de Tante Arabell est une église très chic dont le pasteur n'est pas tellement sympathique et je m'y sens déplacé.

Maintenant Mère quand j'ai lu ce que tu as écrit à propos de Carl [Edgar] et de Bill [Smith] ça m'a mis terriblement en colère. Je voulais t'écrire tout de suite pour te dire ce que je pensais. Mais j'ai attendu d'être plus calme. Mais n'ayant jamais rencontré Carl et ne connaissant Bill que superficiellement tu *as été* rudement injuste. Carl est un *Prince* et à peu près le Chrétien le plus sincère et le plus authentique que j'aie jamais connu et il a eu une meilleure influence sur moi que n'importe qui de ma connaissance. Il n'a pas tout le temps la religion à la bouche comme un Peaslee mais c'est un Chrétien profondément sincère et un gentleman.

Je n'ai jamais demandé à Bill quelle église il fréquente car ça n'a pas d'importance. Nous croyons tous les deux en Dieu et en Jésus-Christ et espérons en une vie future et peu importent les crédos.

Je t'en prie ne recommence pas à critiquer mes meilleurs amis. Alors rassérène-toi car tu vois que je ne me laisse pas aller comme tu le pensais.

Affectueusement,

ERNIE.

Ne lis ceci à personne et je t'en prie retrouve une humeur gaie !

Gstaad, 5 février 1927

Chère Mère,

Merci infiniment de m'avoir envoyé le catalogue de l'exposition Marshal Field contenant la reproduction de ton tableau de la Boutique du Forgeron. Il a l'air très beau et j'aurais beaucoup aimé voir l'original.

Je n'ai pas répondu quand tu m'as écrit au sujet du Soleil, etc., car je n'ai pas pu m'empêcher d'être en colère et qu'il est très idiot d'écrire des lettres quand on est en colère ; et plus qu'idiot d'en écrire une à sa mère. Il est tout à fait normal que tu n'aimes pas mon livre et je regrette que tu lises tout livre qui te cause de la peine ou du dégoût.

D'autre part je n'ai absolument pas honte de ce livre, sauf dans la mesure où je peux n'avoir pas réussi à portraiturer avec exactitude les personnes que je décrivais ou à les rendre vraiment vivantes pour le lecteur. Je suis sûr que mon livre est déplaisant. Mais il n'est pas *tout entier* déplaisant et je suis sûr qu'il n'est pas plus déplaisant que la réelle vie intérieure de quelques-unes de nos meilleures familles d'Oak

Park. Il faut que tu te rappelles que dans un tel livre tout ce que la vie des personnages a de moins recommandable est étalé au grand jour tandis qu'à Oak Park il y a un très joli côté pour le public et le genre de choses dont j'ai pu un peu me rendre compte en observant ce qui se passait derrière des portes closes. De plus toi, en tant qu'artiste, tu sais qu'on ne devrait pas forcer un écrivain à défendre le choix qu'il a fait d'un sujet mais qu'il devrait être critiqué sur la manière dont il a traité ce sujet. Les gens que j'ai pris pour personnages étaient certainement usés, vides et démolis — et c'est comme ça que j'ai tenté de les présenter. Je n'ai honte de mon livre que dans la mesure où il ne parvient pas à faire vivre les gens que j'ai voulu présenter. J'ai une longue vie pour écrire d'autres livres et les sujets ne seront pas toujours les mêmes — sauf qu'ils seront tous, je l'espère, des êtres humains.

Et si les bonnes dames du club de lecture sous la houlette de Miss [Fanny] Butcher, qui n'est *pas* un critique intelligent — je me serais senti très sot si elle avait fait l'éloge de mon livre — sont unanimement d'accord pour penser que je suis en train de prostituer un grand talent, etc., à des fins on ne peut plus basses — eh bien ces bonnes dames parlent de quelque chose dont elles ne savent rien et disent de grosses bêtises.

Quant à Hadley, à Bumby et à moi-même — bien qu'Hadley et moi n'habitions plus la même maison depuis quelque temps (nous vivons séparés depuis sept. dernier et il se peut que maintenant Hadley ait divorcé d'avec moi) nous sommes les meilleurs amis.

Elle et Bumby vont bien l'un et l'autre, ils sont en bonne santé et heureux et sur mon ordre tous les profits et droits d'auteur du *Soleil se lève aussi* sont versés directement à Hadley, à la fois d'Amérique et d'Angleterre. D'après les annonces que j'ai vues en janvier, le livre en est à sa 5e édition (15 000 exemplaires) et marche encore très fort. Il va être publié au printemps en Angleterre sous le titre de *Fiesta.* Hadley va venir en Amérique au printemps ce qui fait que vous pourrez voir Bumby grâce à ce que rapporte *Le soleil se lève aussi.* Je ne prends pas un seul cent des droits d'auteur qui se montent déjà à plusieurs milliers de dollars, ne bois rien en dehors du vin ou de la bière aux repas, ai mené une vie très monastique et essaie d'écrire aussi bien que possible. Nous différons d'idées en ce qui concerne ce qui constitue un bon style — c'est là simplement un désaccord fondamental — mais tu t'abuses vraiment si tu permets à des Fanny Butcher de te dire que je recherche le scandale, etc. Je reçois des lettres de *Vanity Fair,* du *Cosmopolitan,* etc., me demandant des histoires, des articles et des feuilletons mais je ne veux rien publier avant six mois ou un an (quelques histoires vendues au *Scribner's* à la fin de l'année dernière et un texte humoristique en lecture) parce que je sais que maintenant c'est un moment très décisif et qu'il est beaucoup plus important pour moi d'écrire tranquillement, en essayant d'écrire aussi bien que je peux, en ne visant aucun marché, en ne pensant même pas à si ce que j'écris peut rapporter ou même s'il pourra jamais être publié — que de tomber dans le piège de gagner de l'argent à tout prix, qui traite les écrivains américains comme la batteuse a traité le pouce de mon célèbre parent.

Je vous adresse cette lettre à tous les deux parce que je sais que vous vous êtes inquiétés à mon sujet et que je suis toujours désolé de vous causer de l'inquiétude. Mais il ne faut pas que vous vous inquiétiez — car bien que ma vie puisse avoir des hauts et des bas je ferai toujours tout ce que je peux pour ceux que j'aime (je ne vous écris pas beaucoup parce que je n'en ai pas le temps et parce que, quand j'écris, je trouve très difficile d'écrire des lettres et dois limiter ma correspondance aux lettres que je dois absolument écrire — et mes vrais amis savent que j'ai tout autant d'affection pour eux que j'écrive ou non), que je n'ai jamais été un ivrogne ni même un buveur régulier (on vous racontera des légendes disant que j'en suis un — elles sont appliquées à tous ceux à qui il est arrivé d'écrire sur des gens qui boivent) et tout ce que je demande c'est de la tranquillité et une possibilité d'écrire. Il se peut que vous n'aimiez jamais rien de ce que j'écris — et puis soudain il se pourrait que vous aimiez beaucoup quelque chose. Mais vous devez croire que je suis sincère dans tout ce que j'écris. Papa a été très loyal et tandis que toi, mère, tu ne l'as pas été du tout je comprends tout à fait que c'est parce que tu as cru que tu te devais à toi-même de me réprimander et de me dire que je m'engageais sur une voie qui te semblait désastreuse.

Alors, peut-être pouvons-nous ne plus parler de tout ça. Je suis sûr que, au cours de ma vie, vous trouverez de nombreuses raisons d'avoir l'impression que je vous ai couverts de honte si vous croyez tout ce qu'on vous dira. D'autre part avec une petite dose de loyauté en guise d'anesthésique vous pourrez peut-être supporter toute mon évidente mauvaise réputation et découvrir, à la fin, que je ne vous ai nullement couverts de honte

De toute manière, très affectueusement à vous deux.

ERNIE.

La Finca Vigia,
17 septembre 1949

Ma chère Mère,

Merci beaucoup de ta lettre du 7 septembre. Ça m'a fait un tel plaisir l'autre jour de recevoir les livres que tu avais faits pour nous tous quand nous étions enfants. Ils étaient entreposés à Key West et il y avait plusieurs années que je ne les avais vus. Permets-moi de te féliciter des bons soins et de ton affection pour nous tous quand nous étions jeunes et avons dû être pour toi une grande source de tracas. C'était charmant de voir ce que tu as écrit dans le livre et les photos que mon père avait prises sont presque toutes excellentes. J'espère que tu continues d'aller bien et que tout marche bien pour toi et pour Ruth Arnold, à qui j'envoie mon très affectueux souvenir.

Scribner m'a écrit qu'une femme je crois du magazine McCall les avait contactés pour avoir ton adresse afin d'écrire un article sur moi quand j'étais jeune. Je n'aime pas ce genre de publicité et ne le permettrai pas. J'ai dit à Scribner d'écrire à cette femme qui est une journaliste très arriviste et très malveillante et, ai-je pensé, plutôt détestable que je contribuais à subvenir à tes besoins et que je cesserais d'y contribuer au cas où l'on publierait sans mon autorisation un article de ce genre. Espère que ça a réglé la question.

Tous nos garçons vont bien et se sont donné du bon temps en Europe. Bumby est capitaine d'Infanterie à Berlin, et Patrick et Gregory lui ont rendu visite cet été sur leurs vélomoteurs et ont fait un tour en Italie où ils ont vu les musées et rendu visite aux bons amis que nous y avons. Je me suis donné beaucoup de mal pour obtenir pour Leicester le Job qu'il a à Bogota, mais celui qui l'a vraiment obtenu pour lui c'est le Général Buck Lanham sous les ordres de qui j'ai servi au 22e Régiment d'Infanterie pendant la dernière guerre. Leicester avait demandé d'être muté dans l'Infanterie du job de tout repos qu'il avait au service photographique et il a été un très bon soldat et Buck s'est porté entièrement garant pour lui. Naturellement je n'aurais pas voulu de lui dans l'Infanterie car j'aurais pu avoir à subvenir aux besoins de sa femme et de ses deux enfants. J'aime bien ses deux enfants mais n'ai aucune sympathie pour sa femme.

Te félicite d'être une arrière-grand-mère de 77 ans. J'aimerais bien être grand-père et parvenir à ce point de longévité.

Travaille très dur en ce moment à un livre qui je pense sera très bon. Vais partir pour l'Europe pour des vacances dès qu'il sera terminé. Pardonne-moi je te prie si j'omets de souhaiter anniversaires et autres.

Très affectueusement,

Ton fils ERNEST

Découvrez, lisez ou relisez les livres d'Ernest Hemingway

L'ADIEU AUX ARMES (Folio n° 27)

AU-DELÀ DU FLEUVE ET SOUS LES ARBRES (Folio n° 589)

LE CHAUD ET LE FROID (Folio n° 2963)

CINQUANTE MILLE DOLLARS (Folio n° 208 et Folio Bilingue à paraître)

EN AVOIR... OU PAS (Folio n° 266)

EN LIGNE (Folio n° 2709)

L'ÉTÉ DANGEREUX (Folio n° 2387)

LA VÉRITÉ À LA LUMIÈRE DE L'AUBE (Folio n° 3583)

ÎLES À LA DÉRIVE (Folio n° 974 et 975)

MORT DANS L'APRÈS-MIDI (Folio n° 251)

LES NEIGES DU KILIMANDJARO (Folio n° 151 et Folio Bilingue n° 100)

PARADIS PERDU (Folio n° 175)

PARIS EST UNE FÊTE (Folio n° 465)

POUR QUI SONNE LE GLAS (Folio n° 455)

LE SOLEIL SE LÈVE AUSSI (Folio n° 221)

LES VERTES COLLINES D'AFRIQUE (Folio n° 352)

LE VIEIL HOMME ET LA MER (Folio n° 7, Folio Plus n° 11 et Folio Bilingue n° 100)

ANTOINE DE SAINT-EXUPÉRY

Né en 1900 à Lyon, Antoine de Saint-Exupéry a une enfance privilégiée malgré la mort de son père. D'abord attiré par la Marine, il se passionne bientôt pour l'aviation, encore à ses débuts, et entre à l'Aéropostale. Ses expériences de pilote nourrissent son œuvre romanesque : *Courrier sud, Vol de nuit, Terre des hommes...* Son œuvre la plus célèbre est sans doute *Le Petit Prince*, récit allégorique d'un enfant, amoureux d'une rose. Son avion est abattu lors d'une mission en Méditerranée en 1944.

Ces lettres sont extraites de Lettres à sa mère.
Édition revue et augmentée (Folio n° 2927).

[Paris, 1919]

Ma chère maman,

Merci de votre lettre. Elle m'a fait si grand plaisir. (Je ne sais plus écrire car j'ai une plume de stylo neuve qui ne s'est pas encore habituée à mon écriture. J'ai cassé l'autre.) Excusez ces pattes de mouche.

Je vais bien, seulement je suis fatigué et je vais me reposer huit jours au Mans.

L'oral de Centrale est dans une quinzaine de jours ou plus. Mais si je m'y présente, c'est par curiosité sans la moindre illusion : tout le monde passe l'oral. Je dois bien avoir 2 comme moyenne à l'écrit.

Louis qui a mieux réussi que moi trouve même inutile de se présenter à l'oral et ne se préoccupe plus de son examen.

De mon côté j'aime autant travailler jusqu'au bout mais pas pour l'examen qui est dans l'eau.

Je vous écris de chez Yvonne chez qui je loge ce soir avant de partir pour Le Mans. Je vois assez souvent les Bonnevie [...] quant à Louis, il est fort charmant [...].

Hier, il y a eu un immense monôme avenue de l'Opéra. J'ai compté 45 autos que nous empêchions de passer ! 45 ! nous avons trouvé un truc épatant : une ficelle de 1 kilomètre va du commencement à la fin du monôme : aucun véhicule ne peut alors le couper... ce fut assez cocasse.

Je suis en correspondance avec Dolly de Menthon : décidément ces gens sont délicieux pour moi.

En pensant Jeanne, je pourrais chanter la ritournelle de Didi :

« On dit que tu te maries... » en versant des torrents de larmes amères et même au besoin me suicider d'un coup de rasoir gilette... non... je suis fort, je résiste à cette poignante douleur... Tiens, ça me fait penser que je lui dois des vers pour son mariage, que je lui ai promis. Je ferai cela au Mans.

Temps idéal, mais dans un ciel trop bleu de petits nuageons trop blancs. C'est un ciel « ritournelle », gravure XIXe, comprenez-vous ma pensée.

Temps idéal, parce que frais aujourd'hui ! oui

frais ! et n'était une séance de dentiste d'une heure, mon après-midi eût été charmante

J'ai avalé 2 glaces chez 2 pâtissiers différents. Décidément les glaces et (comme dit la chanson) le chameau sont les 2 plus belles inventions du créateur.

Je viens de lire des vers au cousin de Trevise qui a été très épatant et m'a donne un tas de conseils aussi intéressants qu'originaux et personnels. C'est un type supérieur, savez-vous ?

Je constate tristement que j'ai un peu mal à la gorge encore. Pourvu que cette maudite fièvre ne revienne pas. Je n'aurais pas dû absorber 2 glaces.

Je vous écris une longue lettre pour vous distraire un peu et que je pense que quand je suis malade j'aime bien recevoir de longues lettres des gens que j'aime. Et je suis si triste de vous sentir malade...

Je voudrais vous faire rire un peu mais je ne vois rien de bien hilarant dans la succession des jours et des nuits ces temps-ci.

[...]

Je viens de regarder autour de moi je suis dans la chambre de débarras de Napoléon — très bonne chambre — où tous les bibelots représentent ce grand homme dans des postures variées à l'infini, et où chaque meuble, si petit soit-il, contient au moins cinquante bibelots.

J'en ai un là, en face de moi, en porcelaine et qui me regarde avec une bienveillante condescendance. Il est un peu trop gras pour un grand homme : un grand homme ne doit pas être gras a priori : il doit être brûlé par une flamme intérieure ; un peu à droite il y en a un sur un cheval, le cheval se cabre et

Napoléon vous a un de ses airs guillerets qui succède en général à une perte pour le patrimoine français d'au moins 4 bouteilles de bon vin. Mais Napoléon se nourrissait de gloire et d'eau claire qui ne devaient pas correspondre à ce visage hilare. Cette statue choque mon sens de la réalité historique.

Je vais certainement être halluciné cette nuit par ces mille Napoléons. Le maigre et sec de gauche va maigrir et sécher à ma vue jusqu'à ce que mes cheveux s'en dressent sur ma tête. Le goguenard va venir me tirer l'oreille d'un air fin et faire mille facéties empreintes d'un doux abandon. Si je n'en rêve pas c'est que j'ai un système nerveux solide.

Yvonne était en beauté ce soir. Elle m'a joué un des morceaux que j'aime de Chopin — quel génie ce Chopin ! — et puis j'ai lu des vers (mais je vous l'ai déjà dit).

Je serais si content de lire un jour vos souvenirs de guerre. Occupez-vous de cela, maman chérie. Mais au fait, puisque vous avez un art, la peinture, quel besoin, au lieu de le travailler, de vous épuiser dans des signes qui me semblent infiniment plus cabalistiques que les maths ?

Monot engraisse-t-elle dans les herbes drues de Saint-Maurice ? Et Diche ? Pauvre ange, comme elle doit être heureuse de ce que le fait d'être en famille lui permette de retrouver ces poules, ces chiens, ces lapins et ces cochons dinde — et Monot ses Italiens.

Évidemment la race italienne est supérieure au point de vue des manières mais elle me semble vivre sur un héritage et être incapable de créer. Rien de puissant n'en émane au point de vue artistique ou scientifique.

Je viens de m'apercevoir de ce que j'ai un couvre de lit rose clair. Ça me fait penser à de la pâtisserie et l'eau m'en vient à la bouche. Je suis dans une grande joie d'avoir un couvre-lit rose clair.

Un quatrième Napoléon qui me sourit d'un air sympathique.

Celui d'en face

Imperator rex

On vient de m'apporter de l'eau chaude pour ma toilette : quel luxe !

Je ne sais plus bien quoi vous dire. D'ailleurs depuis cinq minutes je bafouille consciencieusement.

Je vous embrasse de tout mon cœur en vous quittant — comme je vous aime.

Votre fils respectueux,

ANTOINE.

Sensationnelle découverte !

Je viens de m'apercevoir de ce que mon Napoléon d'en face était une cruche et était même muni d'une anse en forme de nageoire dorsale. Il perd beaucoup de sa dignité, savez-vous, à être une cruche !

Imperator cruchus rex

Tournez
S.V.P.

Je suis maintenant couché. J'ai en face de moi un affreux amour en métal doré qui pleure sur le tombeau de Napoléon.

J'ai sommeil. Je vous quitte sur cette vision artistique d'un amour en métal doré !

[Buenos-Ayres, 1930]

Ma petite maman,

Je suis bien désolé de vous avoir fait de la peine. Pourtant j'en ai eu aussi. Voyez-vous je m'étais un peu habitué à me considérer comme une protection pour vous tous. Je voulais vous aider, Simone plus tard, et trouver en rentrant une maison complète. [...]

Si j'ai été un peu désillusionné sur mon importance dans la famille, ça n'a rien à voir avec ma tendresse.

Elle est bien grande et me coûte bien des mélancolies et je ne puis penser à mon coin de terre sans une grande faim d'être là-bas. Et sans serrer les poings parmi toutes ces foules en pensant à l'odeur des tilleuls de Saint-Maurice, à l'odeur des armoires, à votre voix, aux lampes à huile d'Agay. Et à tout ce que je découvre qui fait de plus en plus le fond de moi-même. L'argent ne vaut peut-être aucun sacrifice si grand. Et quand je pense que Monot part à la poursuite de ce mirage et avec bien moins de consolation dans le métier et dans le pain, j'éprouve un peu d'amertume. Retour possible, stage provisoire, tout ça c'est de la blague. Elle verra comme on est prisonnier. Quand ce ne serait que de ses habitudes et de ses besoins. Et comme la vie est bien un engrenage. Et surtout, l'étranger qui vous prend pour toujours.

Dites-vous bien que tous les actes sont définitifs. Laissez les nuages d'agrément ou d'expérience aux milliardaires. Quand on part pour l'Indochine c'est pour y rester, même si l'on y crève de désespoir. Et ça ne se répare pas au gré de vacances, un jour, en France. Les vacances finies, on repart toujours : c'est la pire des maladies que vous lui donnez. Et l'on ne repart pas vers quelque douceur que l'on regrette mais vers l'attrait puissant d'heures souvent très amères. C'est la vie qui prend cette pente-là. On s'en va tout naturellement.

J'ai voulu vous faire venir, puis j'ai eu à lutter beaucoup contre beaucoup de choses et je n'ai même pas été certain d'être ici pour votre arrivée. Peut-être vais-je être plus tranquille. Alors, vous viendrez.

J'écris peu, je n'ai pas le temps, mais le livre que je forme si lentement serait un beau livre.

Je vous embrasse maman. Dites-vous bien que de toutes les tendresses la vôtre est la plus précieuse et que l'on revient dans vos bras aux minutes lourdes. Et que l'on a besoin de vous, comme un petit enfant, souvent. Et que vous êtes un grand réservoir de paix et que votre image rassure, autant que lorsque vous donniez du lait à vos tout-petits.

Je pense à mon coffre de Saint-Maurice, à mes tilleuls. Et je raconte à tous mes amis nos jeux d'enfance, le chevalier Aklin des jours de pluie, ou la sorcière, ce conte de fées perdu.

Et c'est un drôle d'exil d'être exilé de son enfance

Je vous embrasse encore.

ANTOINE

[La Marsa, 1943]

Ma petite maman,

J'apprends à l'instant qu'un avion part pour la France. Le premier et le seul. Je veux vous embrasser en deux lignes de toutes mes forces ainsi que Didi et son Pierre.

Sans doute vous reverrai-je bientôt.

Votre
ANTOINE

1943.

Maman chérie, Didi, Pierre, vous tous que j'aime tellement, du fond de mon cœur, que devenez-vous, comment allez-vous, comment vivez-vous, comment pensez-vous? Il est tellement, tellement triste ce long hiver.

Et cependant j'espère si fort être dans vos bras dans quelques mois, ma petite maman, ma vieille maman, ma tendre maman, au coin du feu de votre cheminée, à vous dire tout ce que je pense, à discuter en contredisant le moins possible... à vous écouter me parler, vous qui avez eu raison dans toutes les choses de la vie...

Ma petite maman, je vous aime

ANTOINE.

Découvrez, lisez ou relisez les livres de Saint-Exupéry

CARNETS (Folio n° 3157)

CITADELLE (Folio n° 108 et n° 3367, édition abrégée)

COURRIER SUD (Folio n° 80)

ÉCRITS DE GUERRE, 1939-1944 (Folio n° 2573)

LETTRES À SA MÈRE (Folio n° 2927)

LE PETIT PRINCE (Folio n° 3200)

PILOTE DE GUERRE (Folio n° 824)

TERRE DES HOMMES (Folio n° 21)

VOL DE NUIT (Folio n° 4 et Folio Plus n° 20)

Et dans la série « Femmes de lettres » :

Simone de BEAUVOIR *La femme indépendante*

Agrégée de philosophie, unie à Jean-Paul Sartre par un long compagnonnage affectif et intellectuel, Simone de Beauvoir (1908-1986) publie en 1949 *Le deuxième sexe*, dont on trouvera ici quelques pages marquantes. Ce texte fait d'elle l'une des grandes figures du féminisme du XXe siècle et lui assure une renommée internationale.

Dans la même collection

R. AKUTAGAWA	*Rashômon* et autres contes (Folio n° 3931)
AMARU	*La Centurie. Poèmes amoureux de l'Inde ancienne* (Folio n° 4549)
M. AMIS	*L'état de l'Angleterre* précédé de *Nouvelle carrière* (Folio n° 3865)
H. C. ANDERSEN	*L'elfe de la rose* et autres contes du jardin (Folio n° 4192)
ANONYME	*Conte de Ma'rûf le savetier* (Folio n° 4317)
ANONYME	*Le poisson de jade et l'épingle au phénix* (Folio n° 3961)
ANONYME	*Saga de Gísli Súrsson* (Folio n° 4098)
G. APOLLINAIRE	*Les Exploits d'un jeune don Juan* (Folio n° 3757)
ARAGON	*Le collaborateur* et autres nouvelles (Folio n° 3618)
I. ASIMOV	*Mortelle est la nuit* précédé de *Chante-cloche* (Folio n° 4039)
S. AUDEGUY	*Petit éloge de la douceur* (Folio n° 4618)
AUGUSTIN (SAINT)	*La Création du monde et le Temps* suivi de *Le Ciel et la Terre* (Folio n° 4322)

J. AUSTEN	*Lady Susan* (Folio n° 4396)
H. DE BALZAC	*L'Auberge rouge* (Folio n° 4106)
H. DE BALZAC	*Les dangers de l'inconduite* (Folio n° 4441)
T. BENACQUISTA	*La boîte noire* et autres nouvelles (Folio n° 3619)
K. BLIXEN	*L'éternelle histoire* (Folio n° 3692)
BOILEAU-NARCEJAC	*Au bois dormant* (Folio n° 4387)
M. BOULGAKOV	*Endiablade* (Folio n° 3962)
R. BRADBURY	*Meurtres en douceur* et autres nouvelles (Folio n° 4143)
L. BROWN	*92 jours* (Folio n° 3866)
S. BRUSSOLO	*Trajets et itinéraires de l'oubli* (Folio n° 3786)
J. M. CAIN	*Faux en écritures* (Folio n° 3787)
MADAME CAMPAN	*Mémoires sur la vie privée de Marie-Antoinette* (Folio n° 4519)
A. CAMUS	*Jonas ou l'artiste au travail* suivi de *La pierre qui pousse* (Folio n° 3788)
A. CAMUS	*L'été* (Folio n° 4388)
T. CAPOTE	*Cercueils sur mesure* (Folio n° 3621)
T. CAPOTE	*Monsieur Maléfique* et autres nouvelles (Folio n° 4099)
A. CARPENTIER	*Les Élus* et autres nouvelles (Folio n° 3963)
C. CASTANEDA	*Stopper-le-monde* (Folio n° 4144)
M. DE CERVANTÈS	*La petite gitane* (Folio n° 4273)
R. CHANDLER	*Un mordu* (Folio n° 3926)
G. K. CHESTERTON	*Trois enquêtes du Père Brown* (Folio n° 4275)
E. M. CIORAN	*Ébauches de vertige* (Folio n° 4100)

COLLECTIF	*Au bonheur de lire* (Folio n° 4040)
COLLECTIF	*« Dansons autour du chaudron »* (Folio n° 4274)
COLLECTIF	*Des mots à la bouche* (Folio n° 3927)
COLLECTIF	*« Il pleut des étoiles »* (Folio n° 3864)
COLLECTIF	*« Leurs yeux se rencontrèrent... »* (Folio n° 3785)
COLLECTIF	*« Ma chère Maman... »* (Folio n° 3701)
COLLECTIF	*« Mon cher Papa... »* (Folio n° 4550)
COLLECTIF	*« Mourir pour toi »* (Folio n° 4191)
COLLECTIF	*« Parce que c'était lui ; parce que c'était moi »* (Folio n° 4097)
COLLECTIF	*Un ange passe* (Folio n° 3964)
COLLECTIF	*1, 2, 3... bonheur !* (Folio n° 4442)
CONFUCIUS	*Les Entretiens* (Folio n° 4145)
J. CONRAD	*Jeunesse* (Folio n° 3743)
B. CONSTANT	*Le Cahier rouge* (Folio n° 4639)
J. CORTÁZAR	*L'homme à l'affût* (Folio n° 3693)
J. CRUMLEY	*Tout le monde peut écrire une chanson triste* et autres nouvelles (Folio n° 4443)
D. DAENINCKX	*Ceinture rouge* précédé de *Corvée de bois* (Folio n° 4146)
D. DAENINCKX	*Leurre de vérité* et autres nouvelles (Folio n° 3632)
R. DAHL	*Gelée royale* précédé de *William et Mary* (Folio n° 4041)
R. DAHL	*L'invité* (Folio n° 3694)
S. DALI	*Les moustaches radar (1955-1960)* (Folio n° 4101)

M. DÉON — *Une affiche bleue et blanche* et autres nouvelles (Folio n° 3754)

R. DEPESTRE — *L'œillet ensorcelé* et autres nouvelles (Folio n° 4318)

R. DETAMBEL — *Petit éloge de la peau* (Folio n° 4482)

P. K. DICK — *Ce que disent les morts* (Folio n° 4389)

D. DIDEROT — *Lettre sur les aveugles à l'usage de ceux qui voient* (Folio n° 4042)

R. DUBILLARD — *Confession d'un fumeur de tabac français* (Folio n° 3965)

A. DUMAS — *La Dame pâle* (Folio n° 4390)

M. EMBARECK — *Le temps des citrons* (Folio n° 4596)

S. ENDO — *Le dernier souper* et autres nouvelles (Folio n° 3867)

ÉPICTÈTE — *De la liberté* précédé de *De la profession de Cynique* (Folio n° 4193)

W. FAULKNER — *Le Caïd* et autres nouvelles (Folio n° 4147)

W. FAULKNER — *Une rose pour Emily* et autres nouvelles (Folio n° 3758)

C. FÉREY — *Petit éloge de l'excès* (Folio n° 4483)

F. S. FITZGERALD — *La Sorcière rousse* précédé de *La coupe de cristal taillé* (Folio n° 3622)

F. S. FITZGERALD — *Une vie parfaite* suivi de *L'accordeur* (Folio n° 4276)

É. FOTTORINO — *Petit loge de la bicyclette* (Folio n° 4619)

C. FUENTES — *Apollon et les putains* (Folio n° 3928)

C. FUENTES — *La Desdichada* (Folio n° 4640)

GANDHI — *La voie de la non-violence* (Folio n° 4148)

R. GARY — *Une page d'histoire* et autres nouvelles (Folio n° 3753)

MADAME DE GENLIS	*La Femme auteur* (Folio n° 4520)
J. GIONO	*Arcadie... Arcadie...* précédé de *La pierre* (Folio n° 3623)
J. GIONO	*Prélude de Pan* et autres nouvelles (Folio n° 4277)
V. GOBY	*Petit éloge des grandes villes* (Folio n° 4620)
N. GOGOL	*Une terrible vengeance* (Folio n° 4395)
W. GOLDING	*L'envoyé extraordinaire* (Folio n° 4445)
W. GOMBROWICZ	*Le festin chez la comtesse Fritouille* et autres nouvelles (Folio n° 3789)
H. GUIBERT	*La chair fraîche et autres textes* (Folio n° 3755)
E. HEMINGWAY	*L'étrange contrée* (Folio n° 3790)
E. HEMINGWAY	*Histoire naturelle des morts* et autres nouvelles (Folio n° 4194)
C. HIMES	*Le fantôme de Rufus Jones* et autres nouvelles (Folio n° 4102)
E. T. A. HOFFMANN	*Le Vase d'or* (Folio n° 3791)
J. K. HUYSMANS	*Sac au dos* suivi de *À vau l'eau* (Folio n° 4551)
P. ISTRATI	*Mes départs* (Folio n° 4195)
H. JAMES	*Daisy Miller* (Folio n° 3624)
H. JAMES	*Le menteur* (Folio n° 4319)
JI YUN	*Des nouvelles de l'au-delà* (Folio n° 4326)
T. JONQUET	*La folle aventure des Bleus...* suivi de *DRH* (Folio n° 3966)
F. KAFKA	*Lettre au père* (Folio n° 3625)
J. KEROUAC	*Le vagabond américain en voie de disparition* précédé de *Grand voyage en Europe* (Folio n° 3694)
J. KESSEL	*Makhno et sa juive* (Folio n° 3626)

R. KIPLING	*La marque de la Bête* et autres nouvelles (Folio n° 3753)
J.-M. LACLAVETINE	*Petit éloge du temps présent* (Folio n° 4484)
LAO SHE	*Histoire de ma vie* (Folio n° 3627)
LAO-TSEU	*Tao-tö king* (Folio n° 3696)
V. LARBAUD	*Mon plus secret conseil...* (Folio n° 4553)
J. M. G. LE CLÉZIO	*Peuple du ciel* suivi de *Les bergers* (Folio n° 3792)
J. LONDON	*La piste des soleils et autres nouvelles* (Folio n° 4320)
P. LOTI	*Les trois dames de la Kasbah* suivi de *Suleïma* (Folio n° 4446)
H. P. LOVECRAFT	*La peur qui rôde* et autres nouvelles (Folio n° 4194)
P. MAGNAN	*L'arbre* (Folio n° 3697)
K. MANSFIELD	*Mariage à la mode* précédé de *La Baie* (Folio n° 4278)
MARC AURÈLE	*Pensées (Livres I-VI)* (Folio n° 4447)
MARC AURÈLE	*Pensées (Livres VII-XII)* (Folio n° 4552)
G. DE MAUPASSANT	*Le Verrou* et autres contes grivois (Folio n° 4149)
I. McEWAN	*Psychopolis* et autres nouvelles (Folio n° 3628)
H. MELVILLE	*Les Encantadas, ou Îles Enchantées* (Folio n° 4391)
P. MICHON	*Vie du père Foucault – Vie de Georges Bandy* (Folio n° 4279)
H. MILLER	*Lire aux cabinets* précédé de *Ils étaient vivants et ils m'ont parlé* (Folio n° 4554)
H. MILLER	*Plongée dans la vie nocturne...* précédé de *La boutique du Tailleur* (Folio n° 3929)

R. MILLET	*Petit éloge d'un solitaire* (Folio n° 4485)
S. MINOT	*Une vie passionnante* et autres nouvelles (Folio n° 3967)
Y. MISHIMA	*Dojoji* et autres nouvelles (Folio n° 3629)
Y. MISHIMA	*Martyre* précédé de *Ken* (Folio n° 4043)
M. DE MONTAIGNE	*De la vanité* (Folio n° 3793)
E. MORANTE	*Donna Amalia* et autres nouvelles (Folio n° 4044)
A. DE MUSSET	*Emmeline* suivi de *Croisilles* (Folio n° 4555)
V. NABOKOV	*Un coup d'aile* suivi de *La Vénitienne* (Folio n° 3930)
I. NÉMIROVSKY	*Ida* suivi de *La comédie bourgeoise* (Folio n° 4556)
P. NERUDA	*La solitude lumineuse* (Folio n° 4103)
F. NIWA	*L'âge des méchancetés* (Folio n° 4444)
G. OBLÉGLY	*Petit éloge de la jalousie* (Folio n° 4621)
F. O'CONNOR	*Un heureux événement* suivi de *La Personne Déplacée* (Folio n° 4280)
K. OÉ	*Gibier d'élevage* (Folio n° 3752)
L. OULITSKAÏA	*La maison de Lialia* et autres nouvelles (Folio n° 4045)
C. PAVESE	*Terre d'exil* et autres nouvelles (Folio n° 3868)
C. PELLETIER	*Intimités* et autres nouvelles (Folio n° 4281)
P. PELOT	*Petit éloge de l'enfance* (Folio n° 4392)
PIDANSAT DE MAIROBERT	*Confession d'une jeune fille* (Folio n° 4392)

L. PIRANDELLO
Première nuit et autres nouvelles (Folio n° 3794)

E. A. POE
Aventure sans pareille d'un certain Hans Pfaall (Folio n° 3862)

E. A. POE
Petite discussion avec une momie et autres histoires extraordinaires (Folio n° 4558)

J.-B. POUY
La mauvaise graine et autres nouvelles (Folio n° 4321)

M. PROUST
L'affaire Lemoine (Folio n° 4325)

QIAN ZHONGSHU
Pensée fidèle suivi de *Inspiration* (Folio n° 4324)

R. RENDELL
L'Arbousier (Folio n° 3620)

J. RHYS
À septembre, Petronella suivi de *Qu'ils appellent ça du jazz* (Folio n° 4448)

R. M. RILKE
Au fil de la vie (Folio n° 4557)

P. ROTH
L'habit ne fait pas le moine précédé de *Défenseur de la foi* (Folio n° 3630)

D. A. F. DE SADE
Ernestine. Nouvelle suédoise (Folio n° 3698)

D. A. F. DE SADE
La Philosophie dans le boudoir (Les quatre premiers dialogues) (Folio n° 4150)

A. DE SAINT-EXUPÉRY
Lettre à un otage (Folio n° 4104)

G. SAND
Pauline (Folio n° 4522)

B. SANSAL
Petit éloge de la mémoire (Folio n° 4486)

J.-P. SARTRE
L'enfance d'un chef (Folio n° 3932)

B. SCHLINK
La circoncision (Folio n° 3869)

B. SCHULZ
Le printemps (Folio n° 4323)

L. SCIASCIA
Mort de l'Inquisiteur (Folio n° 3631)

SÉNÈQUE — *De la constance du sage* suivi de *De la tranquillité de l'âme* (Folio n° 3933)

D. SHAHAR — *La moustache du pape* et autres nouvelles (Folio n° 4597)

G. SIMENON — *L'énigme de la* Marie-Galante (Folio n° 3863)

D. SIMMONS — *Les Fosses d'Iverson* (Folio n° 3968)

J. B. SINGER — *La destruction de Kreshev* (Folio n° 3871)

P. SOLLERS — *Liberté du XVIIIème* (Folio n° 3756)

G. STEIN — *La brave Anna* (Folio n° 4449)

STENDHAL — *Féder ou Le Mari d'argent* (Folio n° 4197)

R. L. STEVENSON — *Le Club du suicide* (Folio n° 3934)

I. SVEVO — *L'assassinat de la Via Belpoggio* et autres nouvelles (Folio n° 4151)

R. TAGORE — *La petite mariée* suivi de *Nuage et soleil* (Folio n° 4046)

J. TANIZAKI — *Le coupeur de roseaux* (Folio n° 3969)

J. TANIZAKI — *Le meurtre d'O-Tsuya* (Folio n° 4195)

A. TCHEKHOV — *Une banale histoire* (Folio n° 4105)

L. TOLSTOÏ — *Le réveillon du jeune tsar* et autres contes (Folio n° 4199)

I. TOURGUÉNIEV — *Clara Militch* (Folio n° 4047)

M. TOURNIER — *Lieux dits* (Folio n° 3699)

E. TRIOLET — *Les Amants d'Avignon* (Folio n° 4521)

M. TWAIN — *Un majestieux fossile littéraire* et autres nouvelles (Folio n° 4598)

M. VARGAS LLOSA — *Les chiots* (Folio n° 3760)

P. VERLAINE — *Chansons pour elle* et autres poèmes érotiques (Folio n° 3700)

L. DE VINCI	*Prophéties* précédé de *Philosophie et Aphorismes* (Folio n° 4282)
R. VIVIEN	*La Dame à la louve* (Folio n° 4518)
VOLTAIRE	*Traité sur la Tolérance* (Folio n° 3870)
VOLTAIRE	*Le Monde comme il va* et autres contes (Folio n° 4450)
WANG CHONG	*De la mort* (Folio n° 4393)
H. G. WELLS	*Un rêve d'Armageddon* précédé de *La porte dans le mur* (Folio n° 4048)
E. WHARTON	*Les lettres* (Folio n° 3935)
O. WILDE	*La Ballade de la geôle de Reading* précédé de *Poèmes* (Folio n° 4200)
R. WRIGHT	*L'homme qui a vu l'inondation* suivi de *Là-bas, près de la rivière* (Folio n° 4641)
R. WRIGHT	*L'homme qui vivait sous terre* (Folio n° 3970)
M. YOURCENAR	*Le Coup de Grâce* (Folio n° 4394)

Composition et impression Bussière
à Saint-Amand (Cher),
le 2 avril 2008.
Dépôt légal : avril 2008.
1er dépôt légal dans la collection : août 2002.
Numéro d'imprimeur : 081110/1.
ISBN 978-2-07-042322-4./Imprimé en France.

160294